走近中国·作家文丛 | 丛书主编 钱林森

〔法〕克洛德·法莱尔——著
曹丹红——译

远东行记

Mes voyages

La promenade d'Extrême-Orient

Claude Farrère

中央编译出版社
Central Compilation & Translation Press

图书在版编目 (CIP) 数据

远东行记 /（法）克洛德·法莱尔著；曹丹红译. -- 北京：中央编译出版社，2023.9

ISBN 978-7-5117-2907-1

Ⅰ.①远… Ⅱ.①克… ②曹… Ⅲ.①游记-作品集-法国-现代 Ⅳ.① I565.55

中国国家版本馆 CIP 数据核字 (2022) 第 123284 号

远东行记

出版统筹	张远航
特约策划	贾宇琰
责任编辑	苗永姝
责任印制	李　颖
出版发行	中央编译出版社
地　　址	北京市海淀区北四环西路 69 号 (100080)
电　　话	(010)55627391(总编室)　　(010)55627302(编辑室)
	(010)55627320(发行部)　　(010)55627377(新技术部)
经　　销	全国新华书店
印　　刷	北京文昌阁彩色印刷有限责任公司
开　　本	880 毫米 ×1230 毫米　1/32
字　　数	174 千字
印　　张	9.5
版　　次	2023 年 9 月第 1 版
印　　次	2023 年 9 月第 1 次印刷
定　　价	88.00 元

新浪微博：@中央编译出版社　　　微信：中央编译出版社(ID: cctphome)
淘宝店铺：中央编译出版社直销店 (http://shop108367160.taobao.com) (010)55627331

本社常年法律顾问：北京市吴栾赵阎律师事务所律师　闫军　梁勤
凡有印装质量问题，本社负责调换，电话：(010)55626985

为"走近中国"文化译丛作序

雷米·马修

在古希腊古罗马时代结束了很长时间之后,欧洲世界转向了中国,却丝毫不了解中国之文化何其博大、中国之历史何其流长、中国之疆域何其广袤、中国之人口何其众多。那么,为什么要走近中国?要知道,要不是因为那条自罗马帝国时代以来就闻名天下的丝绸商贸之路,中国对欧洲一直也并未表现出多少兴趣。钱林森教授主持了一项卓越的事业,就是通过主编这套"走近中国"文化译丛,从历史和跨文化的角度,来回答这个宏大而复杂的问题。该译丛收录了丰富多彩的著作(原著多为法文和英文),以帮助人们理解这样一些对中国都充满着热爱,或者最起码充满着浓厚兴趣的欧洲知识分子是如何从自己的旅行记忆、宗教信仰以及各自时代所获得的科学知识出发,自以为是地对中华文明加以解读和诠释的。

在欧洲与远东交往的历史上，起初有三种动机推动着欧洲人去发现中国：宗教、商贸和对未知事物的了解欲。可以说，这样一段发现的历程多少是遵循了这样一个历史演进规律的。在信奉基督的欧洲，人们有一种要引领新的族群皈依"真正信仰"的信念。正是这种信念帮助天主教扩张到了美洲、非洲，当然还有亚洲。尽管欧洲早已有人远赴中国探险，但西方渗入中国的最初尝试，应该算是传教士们（在十六世纪末）的成就。他们甚至还为此设立了一些长期稳定的传教使团，其中大多由耶稣会会士或多明我会会士领导。这些传教使团在中国大陆的存在一直持续到将近1950年时才告终结。所以，欧洲最初获得的有关中国的信息，要归功于这些教士，他们在努力培养信徒的同时，执着地自以为从中国人的思想和信念中发现了属于原始基督教的一些遥远的、变形的元素。当然，我们现在都知道，他们的这些先入为主的观念导致他们在理解中华文明时犯下了多么重大的错误。

紧随传教使团之后，或者说与之同步，掀起了解中国第二波浪潮的，是商人。这波浪潮在十七世纪，也就是路易十四时期，渐渐成为时代的潮流。那时，全欧各国贵族以及从事商贸的资产阶级的家里都充斥着来自中国的丝绸、瓷器和青铜器。资产阶级也希望能在亚洲，尤其是在中国，为自己的商品找到一片广阔的市场，而不需要承受太多的道义负担。这些富裕的家庭以及这些掌权的贵族对这些他们连产地名称都不清楚的"中国货"趋之若鹜。我们都知道，这样一种进攻态势的经济帝国主义发展到十九世纪，就导致了一些政治争端和军事战争，其中的标志就是两次鸦片战争以及随后那些给中国留下如此糟糕记忆的一系列"不平等条约"。无论如何，西方的商人们还是获得了对这个丝绸及牡丹之国的认识，尽管这种认知是以经济利益为基础的，并且因为方法论的缺陷而常常充满了误解。

最后，从十九世纪始直至今日，以西方文人为主体构成的"汉学家"群体一直致力于解读和传播古代传统中国的语言、文学、艺术、社会学和历史……要想理解中国是如何被西方"走近"的，首先就应该向他们求教。虽然不可否认，这些学者中有相当多也曾是传教士或商人，在解读古代和现代中国的运作机制上曾经有过宗教信仰或经济利益上的考量，但从此，欧洲涌现出了众多懂得中华文明的专家。当然，也不要忘记日本的学者，他们对汉字文化的熟悉程度是他们的明显优势所在。

本套丛书收录的著作并不能完整地反映欧洲汉学研究的全貌。要知道，所有的西方国家都曾经从各自的传统、各自的经济利益、各自的地理位置以及各自当时的政治或军事实力出发，来寻找通往中国的道路。葡萄牙、波兰、俄罗斯、荷兰、瑞典……这些国家虽然算不上欧洲汉学研究的大国，也算不上最强大的帝国主义列强，但它们也都曾开辟了自己通向中国的道路。这第一批书目收录的只是一些英文和法文原著的作品，但还是能让中国读者窥见现当代西欧对中国的看法。它也使读者可以重新发现一些伟大的学者，比如洪堡（Alexander von Humboldt，1769—1859），其研究领域虽然主要集中于自然科学和世界地理，但他其实也是最早关注中国语言的德国科学家之一。他曾和雷慕沙（Jean-Pierre Abel-Rémusat，1788—1832）合出过一部题为《关于汉语有益而有趣的通讯》（*Lettres édifiantes et curieuses sur la langue chinoise，1821—1831*）的文集，为法国学院派汉学研究贡献了一块主要基石。

　　汉语，因其不属于印欧语系并且表现出诸如"单音节""多音调"等与欧洲语言完全不同的特征，而常常成为西方作者进行自我观照的一个选项。本套丛书收录了一些或多或少涉及此类问题的作者及著作。比如白吉尔（Marie-Claire Bergère）和安必诺（Angel Pino）在1995年出版的《巴黎东方语言学院百年汉语教学论集（1840—1945)》（*Un Siècle* d'enseignement du chinois à l'École des Langues orientales, 1840—1945）就回顾了东方语言学院汉语教学的历史。而在那之前，在雷慕沙的推动下，巴黎的法兰西公学院（Collège de France）早在1815年就已经开始了大学汉语教学。

在语言方面，中国诗歌在现代出版物中占据重要地位。这在很大程度上要感谢朱笛特·戈蒂耶（Judith Gautier, 1845—1917），她把许多中国古诗译介成法语，于1867年编成了一本非常出色的集子《玉书》（Le Livre de jade），成为第一位编纂中国诗集的作家。这部作品令法国人了解了从上古至十九世纪的中国诗歌浩瀚的数量和卓越的品质，更让法国的诗人们领略了中国的诗歌艺术。1869年，她又[以其婚后姓名朱笛特·芒代斯（Judith Mendès）]出版了《皇龙》（Le Dragon impérial），深刻地影响了那个时代法国的精神世界，受到了维克多·雨果（Victor Hugo）和阿纳托尔·法朗士（Anatole France）的高度赞誉。到了离我们更近的时代，仍有一些法国作者将心血倾注于伟大的中国古诗，或加以研究，或进行译介。正如郁白（Nicolas Chapuis）在其于2001年出版的《悲秋——古诗论情》（Tristes automnes）中所出色完成的那样。他所因循的，是葛兰言（Marcel Granet, 1884—1940）在一个多世纪前走过的道路。葛兰言曾经出版过一本《中国古代的节庆与歌谣》(*Fêtes et chansons anciennes de la Chine*)，试图通过对《诗经》中许多诗歌的翻译和解读勾勒出古代中国社会的轮廓。走在相似道路上的，还有英国的大汉学家阿瑟·韦利（Arthur Waley，1889—1966），他为欧洲贡献了大量中国和日本诗作的翻译。他之所以被收录于本套丛书，凭借的是他最有名的那部献给伟大诗人李白的著作《李白的生平与诗作》(*The Poetry and Career of Li Po，701-762 A.D.*)，这部著作迄今依然是西方汉学研究的权威之作。而美国杰出汉学家狄百瑞（William Theodore de Bary，1919—2017）的研究显然更加集中于哲学层面，他于1991年出版了《为己之学》(*Learning for One's Self: Essays on the Individual in Neo-Confucian Thought*)，努力地向好奇的西方读者介绍中国的"理学"思想。他可以算是一位向本国同胞乃至向全世界大力推介远东哲学的学院派汉学家。从一定程度上说，于1924年出版了《盛唐之恋》(*La Passion de Yang-Kwé-Feï, favorite impériale*)的乔治·苏里耶·德·莫朗（George Soulié de Morant，1878—1955）也是如此，他改编了唐朝杨贵妃等人的历史故事，并借机引述翻译了杜甫的一些诗篇。同一时期有一本题为《论中国文学》(*Essai sur la littérature chinoise*)的小册子也是他[以笔名乔治·苏里耶（Georges

Soulié)]发表的作品。

许多关于中国的作品，都是西方的学者文人编著的他们在中国旅行或生活的记录，但也有一些出自普通西方旅行者的笔下。他们只是想把自己的印象告诉当时的同胞，让后者了解有关中国这个遥远国度的真实或假想的神秘之处。其中最古老的一部，大约是《曼德维尔游记》(The Travels of John Mandeville)，该书作者身份不明，应该是生活在十四世纪的欧洲人；他以极尽奇幻绮丽的笔法详细地记载了他远行东方的历程。该书有可能对马可·波罗（Marco Polo, 1254—1324）的精彩故事也产生了影响。本套丛书收录了离我们更近的克洛德·法莱尔（Claude Farrère）于 1924 年出版的《远东行记》(Mes Voyages: La Promenade d'Extrême-Orient)，令人不由得联想到皮埃尔·洛蒂（Pierre Loti）、亨利·米肖（Henri Michaux）、亚瑟·伦敦（Arthur Londres）等欧洲记者及作家，他们都曾在二十世纪初启程奔赴这个尚不为世人了解的远东国度，然后又都把充斥着令他们感觉奇特的画面、声音和气味的回忆带回到了西方。路易·拉卢瓦（Louis Laloy, 1874—1944）在 1933 年出版的《中华镜》(Miroir de la Chine: Présages, Images, Mirage) 也属于这一大类。拉卢瓦对中国的音乐着墨颇多，因为他是当时为数不多的对中国音乐颇有钻研的专家之一；他还发表过多项关于中国乐器和中国戏剧的研究成果。值得一提的，还有乔治-欧仁·西蒙（G.-Eugène Simon，1829—1896），他的《中国城》（*La Cité chinoise*）讲述了自己作为领事的回忆，在欧洲大获成功。许多曾经在中国居住或生活过的法国或英国的作家都用各具风格的文字记述了自己在中国的见闻，他们的作品不仅体现了他们的美学情感、文化体验，而且具有重要的文学价值。其中，值得人们铭记的名字有谢阁兰（Victor Segalen，1878—1919），他创作了大量中国主题的文学作品，包括本套丛书收录的优秀作品《中国书简》（*Lettres de Chine*）。还有毛姆（William Somerset Maugham，1874—1965），他于1922年发表的《中国屏风上》（*On a Chinese Screen*）是一部以中国作为背景的旅行日记式短篇小说集。哈罗德·阿克顿爵士（Harold Acton，1904—1994）发表的题为《牡丹与马驹》（*Peonies and Ponies*）的集子也很有名，那是他在长居北京期间写成的，用一种纯英式的幽默记录了英国人和中国人之间的文化碰撞。从奥古斯特·博尔热（Auguste Borget，1808—1877）的笔下，也能读到同样的文化碰撞，他的《中国和中国人》（*La Chine et les Chinois*）采用欧洲中心的视角去观照中国文化中"奇丽"的一面，颇受向往异域情调的西方读者们的欢迎。与此观点一致的,还有法国记者保罗-埃米尔·杜朗-福尔格(Paul-Émile Durand-Forgues, 1813—1883)以笔名"老尼克"(Old Nick)创作的《开放的中华》(*La Chine ouverte*, 1845 年首版,2015 年再版)。这本书如其书名所示,讲述了在惨烈的鸦片战争之后,中国被迫向西方列强打开大门。但最妙的,还要数儒勒·凡尔纳(Jules Verne, 1828—1905)在其 1879 年的杰作《一个中国人在中国的遭遇》(*Les Tribulations d'un Chinois en Chine*)中虚构的幻想之旅,充满了丰富的创意,后来在法国还被改编成了电影。

雷威安(André Lévy)在 1986 年翻译推出的《1866—1906 年中国士大夫游历泰西日记摘选》(*Les Nouvelles lettres édifiantes et curieuses d'Extrême-Occident par des voyageurs lettrés chinois à la Belle Époque, 1866-1906*)的一大成就,是展现了十九世纪末到欧洲游历的中国旅行者的反应,由此让我们看到了东方人对当时他们极为陌生的欧洲世界的看法。同样属于中国对西方进行见证这一类型的作品,还有陈丰·思然丹(Feng Chen-Schrader)在 2004 年出版的《中国文书——清末使臣对欧洲的发现》(*Lettres chinoises: Les diplomates chinois découvrent l'Europe, 1866-1894*),让我们

了解到清末中国的来访者在接触到欧洲时的所思所想。要知道，在那个互不了解的时代，中国和欧洲对彼此的认识同样少得可怜。

如前所述，中国艺术对欧洲的渗入始自路易十四时代。在法国，这种渗入在路易十五及路易十六时代进一步增强，这与中国的清朝在十八世纪达到鼎盛时期是一致的。中国艺术在法国登堂入室，对于十九世纪前夕的法国人了解中国文化至为关键。与此同时，中欧之间的商贸交流获得了重大飞跃，渐渐形成了欧洲产品对远东的经济入侵之势。亨利·考狄（Henri Cordier, 1849—1925）1910年发表的名著《18世纪法国视野中的中国》（La Chine en France au XVIIIe siècle）对这种同时出现在艺术和经济两个领域里的现象进行了研究。虽然直到二十世纪初，欧洲人对中国的思想一直不甚了解，但他们对中国的艺术表达却知之颇多，考狄的研究正好能够帮助我们理解这一点。当然，欧洲人对中国文化表达方式的认识并不局限于绘画、雕塑或丝绸艺术。中国的文学，尤其是中国的诗歌也进入了西方知识界，并给予了西方文学家和诗人们许多灵感和启迪。我们之前已经说过，这首先要感谢朱笛特·戈蒂耶。2011年，岱旺（Yvan Daniel）通过其在《法国文学与中国文化（1846—2005）》中出色的研究，对历史这一尚不甚为人所知的方面进行了分析。他考察了约1840年前后的法国文学作品，尤其是保罗·克洛岱尔（Paul Claudel）以及谢阁兰的作品，论证了戈蒂耶译介中国诗歌对他们产生的影响。而在1953年，即新中国成立几年之后，明兴礼（Jean Monsterleet）在其《当代中国文学的高峰》中，对百年之后的中国文学文化重新进行了一番梳理。这种以竭尽全力打倒旧文化为目标的新文化，将中国的一种新面貌呈现在了对中国革命时期（1920—1950）涌现的当代中国作家知之甚少的西方读者眼前。我们还要指出的是，明兴礼是曾经在中国和日本传教的耶稣会士，因而他当然是从天主教的视角来对革命中国的社会政治实践进行考察的。

走近中国，恰如钱林森教授为这套丛书精心遴选的文本所证明的那样，是欧洲历史中一段形式极其丰富、历时极其持久的历程。这些著作既反映了欧洲人认知中国的水准何其之高，也反映了他们认知中国的程度何其局限。这些局限是人所共知的：每个民族都会因其信仰、科学知识以及风俗习惯而在某种程度上视自己为"世界的中心"，从而使自己受到了局限。理解他人、认识他人是困难的，难就难在我们总是顽固地以为我们可以以己度人。这一点，庄子和淮南子等伟大的思想家早已作出过论述。我们也看到，正如清朝文人在游历西方时发表的感言所揭示的那样,中国人在认识欧洲的过程中也存在着同样的现象。尽管如此,还是必须强调,要是没有欧洲的(正面的以及负面的)影响,中国就不可能成为今日之中国,同样,没有中国为欧洲文化和技术带来的贡献,欧洲也不可能成为今日之欧洲。这便是雷米·马修(Rémi Mathieu)在 2012 年出版的著作《牡丹之辉:如何理解中国》(*L'Éclat de la Pivoine. Comment entendre la Chine*)中所捍卫的观点。他提醒人们不要淡忘中国和欧洲为彼此作出的贡献,以及双方有时都不愿承认的对彼此欠下的债务。这套囊括众多著作的丛书彰显了分处欧亚大陆两端的欧中双方希冀提升相互理解的共同愿望,的确是一件大大的功德。

雷米·马修(Rémi Mathieu)
2020 年 9 月 10 日
(全志钢 译)

理解中国：法兰西的一种热爱

——为"走近中国"丛书作序

郁 白[①]

"中国是一个巨大的存在。她存在着。无视她的存在，是盲目的，况且她的存在日益显要。"（夏尔·戴高乐，1964年1月8日）

2014年，为纪念法国与中华人民共和国建立外交关系五十周年，法国外交部档案室对有关十八世纪以来曾经代表法国来华的学者、外交官及译者的一系列文献进行了整理汇编，结集成册，以《中国：法兰西的一种热爱》（*La Chine: une passion française*）为题出版。

钱林森教授在这套"走近中国"丛书中推介的法国学者文人们关于中国著述的中文译本，强化了这样一种认识，即

[①] 20世纪法国汉学家、翻译家，资深外交家。

法国的知识分子一直和中国保持着一种充满激情的关系。英国大汉学家史景迁（Jonathan Spence，1936—2021）在其于1998年出版的关于西方对中国的想象之作《大汗之国：西方眼中的中国》(*The Chan's Great Continent: China in Western Minds*)中，将此称作"法国人的异国情缘"："当时（十九世纪末）的法国人把他们对中国的体验和见解凝练成了一套颇为严密的整体经验，我称之为'新的异国情缘'。那是一段交织着暴力、魅惑和怀念的异国情缘。皮埃尔·洛蒂（Pierre Loti）、保罗·克洛岱尔（Paul Claudel），还有维克多·谢阁兰（Victor Segalen），他们三人都在1895年至1915年期间在中国生活了一段时间。他们都坚信自己看到了、听到了、感受到了真正的中国。因为他们都是拥有巨大影响力的作家，所以他们把自己对中国的见解刊印出来，既拓展了西方对于中国的想象，同时又遏止了这种想象的泛滥。"

如果确如亚里士多德的名言所说，"理解欲乃人之天性"（《形而上学》），那么走近中国，对于法国而言，曾经是，现在依然常常是这种欲望的升华。正是在这种欲望升华的驱使下，诸多法国人深度地亲身参与到这个进程中，为理解中国投入了大量心力，并为之痴迷。这种痴迷，归根结底，就是受到了一个在众多方面都超乎理解的国度的吸引。中国的读者或许会问，法兰西对中国的这般"激情"是合理的吗？对于他们，我们只要简单地回答说：要想达致真正的理解，就必须先学会爱。

本套丛书辑录的文本所反映的，就是这样一个求索的过程。在中国，有太多人抱持这样一种论调，认定西方"不理解"中国。这些文本应该可以为这样的论调画上句号了。诚然，法国知识分子对中国的印象与中国在不同历史阶段想要向世人展现的印象可能并不一定相符。但在文化关系中，感受与实际同样重要。一味宣称"实际情况不是这样的"，并以此为由去否认另一方的理解，这样的做法不仅毫无建设性，甚至是有害的。更有意义的做法，应该是对两者之间的差异、距离甚至是鸿沟进行测量评估，以便架起新的理解的桥梁。

且以安德烈·马尔罗（André Malraux，1901—1976）的名著《人类的境遇》（*La Condition humaine*，获得1933年龚古尔文学奖）为例。它讲述的是1927年上海工人起义遭镇压的故事。有评论说这部小说"消解了（西方人对中国的）幻想但又不致令人绝望"，而这一效果的达成，虚构在其中起到的作用要比纪实大得多。而且这本书是欧洲第一部预言中国革命的作品。

离我们更近一些的例子，是尼古拉·易杰（Nicolas

Idier，1981—）在 2014 年出版的《石头新记》(*La musique des pierres*)。易杰曾任法国驻中国大使馆文化专员，他笔端流露的对画家刘丹（1953—）的真挚感情令读者感动。他说刘丹"画的是中国（未来）在经历了一段漫长的阴霾后迎来的复兴"。这本书延续了三个世纪以来以中国为题的法国文学的传统，把一段充满个人主观体验的讲述打造成了一份关于艺术及艺术家在当今中国所发挥的作用的证词。

我在这里提及这些并未被钱林森教授收录进这套丛书的作品，目的是吊一下中国读者们的胃口。要知道：对中国的热爱是法国文学的一个鲜明特点。除了在法国，还有哪个国家会有那么多以中国作为核心研究对象的院士？前有阿兰·佩雷菲特（Alain Peyrefitte，1925—1999）和让-皮埃尔·安格雷米（Jean-Pierre Angrémy，1937—2010），今有程纪贤（François Cheng，中文笔名"程抱一"，1929—），他于 2002 年当选法兰西学院院士，是法国历史上第一位华人院士。

这套丛书是钱教授特地为法国的一些汉学家准备的颁奖台。我们要热烈地感谢他记录下法国汉学家们在理解中国的进程中所作出的重大贡献。而且他们的贡献常常超越法语世界的边界。葛兰言（Marcel Granet，1884—1940）、雷维安（André Lévy，1925—2017）、白吉尔（Marie-Claire Bergère，

1933—）和雷米·马修（Rémi Mathieu, 1948—）培养的一代代学生如今已经成为执掌法中两国关系的主力。法国的中国文化教学也从未像今天这样兴旺繁荣，而中文也已经成为法国中学生的一门选修外语。这一切，都为法国在未来更加全面地走近中国打下了基础，为唤醒法国文学的全新使命打下了基础，为法国对中国更深沉的热爱打下了基础。

郁白（Nicolas Chapuis）

2020 年 5 月 3 日，北京

（全志钢译）

"走近中国"文化译丛主编序言

钱林森

"走近中国"文化译丛书系,是 21 世纪初我主持编译的西方人(欧洲人)"游走中国""观看中国"的小型文化译丛。这套文化译丛的酝酿、构想,始于 20 世纪末与 21 世纪之交,而最终促成其创设、实施的机缘,却源于遐迩闻名的山东画报出版社一位素未谋面的年轻编辑曹凌志先生的一次造访。2002 年 10 月深秋的一天,曹先生手持一部大清帝国时代的法文原版精装书来宁见我,他一见到我,便开门见山地介绍道:这是他们山东画报出版社从西南四川等地,经多处庙堂辗转而得手的一部图文并茂的法语原著。社里领导很想将此书翻译成中文正式面市,但不知它写的什么内容,值不值得翻译出版刊行。所以要请专家评估一下。曹先生庄重地申言:"我们曾首先咨询过北京社科院外文所法国文学大家柳鸣九先生的高见,是柳鸣九先生建议我们来宁登门拜访您的。"——不由分说,便把他手持的法文原版书递过来。受宠于我所敬重的权威学者之举荐,岂容怠慢?我就诚惶诚恐地连忙接过客人递过来的这部精装珍稀读物,认真地翻阅起来,方知这原是19世纪法国一位匿名游记作家老尼克（Old Nick）所撰,并由同时期法国著名画家、旅游家奥古斯特·博尔热（Auguste Borget）作插图的图文并茂的"游记"①,是西人"游"中国、"看"中国、想象中国、认识中国的时兴文体。初看起来,内中虽不无作者舞笔弄文的杜撰,但其历史文献的意义,却是显而易见的,加之书内附有清朝时期罕见的栩栩如生的写生插图画,其珍贵的文化价值和收藏价值,毋庸置疑,因此,它也就被顺理成章地收进了敝人酝酿有年的"走近中国"文化译丛书系。

"走近中国"文化译丛最初的构想,是想编选"域外人"（包括东洋人和西洋人）"游"中国、"看"中国的大型文化游记书系,而域外的中国游记,浩如烟海,受制于个人精力、能力和出版诸因素,编选者最终只取一瓢饮。选择的标准有二:一是该文本的跨世纪影响力,即这些文本迄今为

---

① 指〔法〕老尼克著,奥古斯特·博尔热作插图的《开放的中华——一个番鬼在大清国》。

止还时不时地影响着西方人对中国的看法,是西人眼里的经典。二是该文本的文学、历史价值,即这些文本不仅有较强的可读性,且有重要的历史价值和文化意义。首辑仅选法、英两国10部长短不等的中国游记,即(法)老尼克的《开放的中华》(*La Chine ouverte*,1845)、(法)格莱特(Thomas-Simon Gueullete,1683—1766)的《达官冯皇的奇遇——中国故事集》(*Les Aventures merveilleuses du Mandarin Fum-Hoam: Contes chinois*,1723)、(法)奥古斯特·博尔热(Auguste Borget,1808—1877)的《中国和中国人》(*La Chine et les Chinois*,1842)、(法)绿蒂(Pierre Loti,1850—1923)的《在北京最后的日子》(*Les Derniers Jours de Pékin*,1901)等组成一套小型书系,于21世纪头10年间,由山东画报出版社、江苏人民出版社、上海书店出版社出版。首辑译丛正式面世时,我曾就其编选动因和译丛的创意与宗旨作了如下说明:

中西方文明的发展与相互认知,经历了极其漫长的道路。两者的相识,始于彼此间的接触,亦可以说,始于彼此间的造访、出游。事实上,自人类出现在地球上,这种察访、出游就开始了,可谓云游四方。"游",是与人类自身文明的生长同步进行的。"游",或漫游、或察访、或远征，不仅可使游者颐养性情、磨砺心志，增添美德和才气，而且能使游者获取新知，是认识自我和他者，认识世界、改变世界的方式。自古以来，人类任何形式的出游、远游，都是基于认知和发现的需要，出于交流和变革的欲望，都是为了追寻更美好的生活。中西方的互识与了解，正开始于这种种形式的出游、往来与接触，处于地球两端的东西（中西）两大文明的相知相识和交流发展，正由此而起步。最初的西方游历家、探险家、商人、传教士和外交使节，则构筑了这种往来交流的桥梁，不论他们以何种机缘、出于何种目的来到中国，都无一例外地在探索新知、寻求交流的欲望下，或者在一种好奇心、想象力的驱动下，写出了种种不同的"游历中国"的游记（包括日记、通讯、报告、回忆录等）之类的作品，从而构成了中西方相知相识的历史见证，成为西方人认识自我和他者、认识中国、走近中国的历史文献，在中西交流史上具有无可取代的价值和意义。对这些历史文本作一番梳理、介绍，它本身就是研究"西学"和"中学"不可忽略的一环，是深入探讨中西方文化关系无法回避的重要课题。翻译出版"走近中国"文化译丛最初的动因正在于此。

在中西方两大文明进行实质性的接触之初，在西方对东方和中国尚未获得真实的了解和真确的认知之前，西方人——西方旅游家、作家、思想家和传教士,总习惯于将中国视为"天外的版舆",将这个遥远、陌生而神秘的"天朝"看作不同于西方文明的"异类世界",他们在其创作的中国游记,以及有关中国题材的其他著作中,总是按照自己的意愿与想象塑造自己心目中的中国形象——一个迥异于西方文化的永远的"他者"形象。在西方不同时代、数量可观的中国游记中所创造的这种知识与想象、真实与虚构相交织的"中国形象",无疑是中西交通史上一面巨大的镜子,从中显现出的不仅是"中国形象"创造者自身的欲望、理想和西方精神的象征、文化积淀,也是西方视野下色泽斑斓、内涵丰富复杂的"中国面影"。这就决定了,西方的中国游记和相关题材的著作,既是中国学者研究"西学"的重要历史文献,又是西方人研究"中学"的历史文本,其深刻的学术价值是显而易见的。西方的中国游记对中国的描写和塑造,不仅激发了西方作家、艺术家的创作灵感,也为西方哲人提供了哲学思考的丰富素材,启发了他们的思想智慧。一如有些文化史家所指出的,"哲学精神多半形成于旅游家经验的思考之中"[1]。西

---

[1] 艾田蒲:《中国之欧洲》(上),许钧、钱林森译,河南人民出版社1992年版,第197页。

方早期的中国游记，虽然多半热衷于异乡奇闻趣事的报道而缺乏哲学的思考，但它们所提供的中国信息、中国知识和中国想象，却给人以思考，为西方哲人，特别是16世纪以降人文主义、启蒙主义思想家提升自己的哲思，建构自己的学说，提供了绝好的思想资源和东方素材，并且成为他们描述中国、思考中国不可或缺的参照。这样看来，西方的中国游记所蕴含的思想价值和哲学意义，也是不言而喻的。我们还注意到，历代西方的中国游记所传递的中国信息、中国知识，不仅使西方哲人深层次地思考中国、认识中国提供了可能，而且也直接地促进西方汉学的生成和发展。西方中国游记和类似的"中国著作"，特别是17、18世纪来华耶稣会士的游记和著述，所展示的中国形象、中国信息、中国知识，直接构成了18世纪欧洲"中国热"主要的煽情材料和思想资源，直接助成了19世纪西方汉学生长和自觉发展的重要契机，其文化意义也毋庸置疑。如是，文化译丛"走近中国"的创意，正基于此。

　　那么，在难以数计的西方游记和相关著述里，中国在西方视野下究竟呈现着怎样的面貌？这难以数计的游记、著述又如何推动西方汉学的生成与发展？它们在西方流布，到底在传播着怎样的中国神话、中国信息、中国知识，从而深化西方人对中国的了解和认识，使之一步步走近真实的中国？这便成了本译丛梳理、择选的线索和依据，以此而为读者提供一幅中西方相知相识、对话交流的历史侧影，正是本译丛的编译宗旨。

新编"走近中国"文化译丛，严格遵循首辑译丛所确立的编译宗旨和编选标准，但在入选作者国别和作品文体、内容方面却有所不同。首辑出版的"走近中国"文化译丛入选作品，主要是法、英旅游家、作家所撰写的中国游记、信札、日记等文类，而新编入选作品，则集中择选法国作家、汉学家（含中国驻法使节、留法学人）所撰写的思考、研究中国文化的著述，除游记、信札、报道类外，还包括散文随笔、传奇、戏剧、哲学对话和学术专论等各类文体在内的著作。这就是说，行将推出的新编"走近中国"文化译丛，不止于西人"游走中国"的游记，着重收入的是法、中两国作者所撰写的研究中国文化的著述，包括文学创作和学术研究两类著述，是法、中学人互看互识、对话交流的跨文化学术丛集。"走近中国"文化译丛的编选做这样的变动，实出于编选者能力与知识积累的现实考量，也出于编选者自身研究的实际需要与诉求，因为此时编者也正担负着主编《中外文学交流史》之在研课题。如此面世的文化译丛，必将为源远流长的中西（中法）文化文学关系研究搭建一方坚实、宽阔的跨文化对话平台，也必将为日趋深入拓展的跨文化比较文学研究提供新的学术场域。

新编的"走近中国"文化译丛，以"游记"类和"文库"类两辑，即文学作品之"作家文丛"、学术著述之"学者文库"两辑刊行面世。恪守首创宗旨和选择准则，本译丛精选自17世纪以降，侧重18世纪至20世纪的法国作家、思想家、汉学家（含留法华人学者）研究中国文化有影响力的近20部作品。每部中译本皆有导读性的译者序或译者前言，并且尽可能地附有原著插图，以图文并茂的新风貌展现于世。具体书目为：马塞尔·葛兰言（Marchel Granet, 1884—1940）著《中国古代的节庆与歌谣》（*Fêtes et chansons anciennes de la Chine*），白吉尔（Marie-Claire Bergète）、安必诺（Angel Pino）主编的《巴黎东方语言学院百年汉语教学论集（1840—1945）》（*Un siècle d'enseignement du chinois à l'école des langues orientales, 1840-1945*, 1995），岱旺（Yvan Daniel）著《法国文学与中国文化》（*Littérature française et culture chinoise*, 2000），雷米·马修（Rémi Mathieu）著《牡丹之辉：如何理解中国》(*L'Éclat de la Pivoine. Comment entendre la Chine*, 2012),郁白(Nicolas Chapuis)著《悲秋——古诗论情》(*Tristes Automnes*, *libraire-Editeur You Feng*, 2001),路易·拉卢瓦(Louis Laloy, 1874—1944)著《中华镜》(*Miroir de la Chine: Présages, Images, Mirage*),乔治·苏里耶·德·莫朗(George Soulié de Morant, 1878—1955)著《盛唐之恋》(*La passion de Yang Kwé fei, Mercure de France, revue, septembre-octobre*, 1922),毛姆(W.Somerset Maugham)著《中国屏风上》(*On a Chinese Screen*)等。近20部不同文体的作品与著述,敬献于广大读者,就正于海内外方家。感谢一直与编者一起携手共耕的译者朋友们,感谢始终默默地关注着、支持着本文化译丛的亲朋挚友和学界师长、同仁们。

"走近中国"文化译丛选载的上述作品,皆属18至20世纪法国(含英国)作家、汉学家"游走中国""观看中国""认识中国"、思考和研究中国的各类不同文体的优秀之作,是法(英)国作者,一代接一代,瞭望中国、想象中国、描写中国的色泽斑斓、琳琅满目的集锦荟萃,堪称法、英文苑的奇花异草,构成了一道靓丽的风景线。这些作品的作者们,之所以一代又一代心仪"他乡""远方""别处",不断地瞭望东方——中国,关注中国、描述中国,并不总是出于一种对异国情调和东方主义的"痴迷",实出于认知"他者"和反观"自我"的内心需要。"在中国模子中,我只是摆进了我所要表达的思想。"——20世纪法国作家谢阁兰的这句话最好不过地表达了这一代法、英作者关注中国、了解中国、描写中国的真实愿望,旨在借中国这面镜子来反观自己,确立自身的形象。他们之所以一往情深地渴望远方、别处,寻找"他者",恰恰反映了他们对自己认识的深层需求,一种"时而感受到被倾听的需求,时而(抑或同时)产生倾诉、学习和理解的需求",一种杂糅了自我抒发与理解他者的"必要"。克洛岱尔将处于地球东西两端的法中两个不同民族、不同文明之间的这种相互瞭望、相互寻找、互证互识的双向运动比作一种自然现象——"海洋潮汐"①。从这个意义上说,他们"瞭望"东方、"游走"中国、"寻找"他者,也许正是另一种方式的寻找自我,或者说,是寻找另一个自我的方式;他者向我们揭示的也许正是我们自身的未知身份,是我们自身的相异性。他者吸引我们走出自我,也有可能帮助我们回归到自我,发现另一个自我。由此可见,即将面世的"走近中国"文化译丛,呈现于诸君面前的这些作品的作者们,之所以如

---

① Paul Claudel, *La Poésie française et l'Extrême-Orient* (1937), in *Œuvres en prose*, Paris, Gallimard, coll. *Bibliothèque de La Pléiade*, 1965, p.1036.

此一代接一代地渴望东方，远眺中国，寻找他者，如此情有所钟地"醉心"于中国风景，采撷中国题材，一部接一部地不断描写中国，抒发中国情怀，认知中国，正是他们认知自身的需要，他们"看"中国，正是反观自己、回归自己的一种需求，一种方式和途径。如此，从跨文化研究的方法论学理层面看，"走近中国"文化译丛所提出的课题，不仅涉及这些法（英）国作家在事实上接受中国文化哪些影响和怎样接受这些影响的实证研究，还应涉及他们如何在自己的心目中构想和重塑中国形象的文化和心理的考察，研究他们的想象和创造；不仅要探讨他们究竟对中国有何看法，持何种态度，还要探讨他们如何"看"，以何种方式、从什么角度"看"中国，涉及互看、互识、互证、误读、变形等这一系列的跨文化对话的理论和实践的话题，是关涉中外（中法）文化和文学交流史研究的基础性工程，其学术价值和意义，毋庸置疑。

　　采撷域外风景，载运他乡之石，是当年创设"走近中国"文化译丛之动因、初衷，同理同道，广揽域外风景，汇编成集，呈现于国人，不是为了推崇异国情调，追寻异国主义，而是为了向诸君推开一扇窗户，进一步眺望远方，一览窗外的风景，旨在借助外来的镜像来反观自己，认识自己，从而确立自身的形象。众所周知,他山之石,可以攻玉。打开室内窗户,直面窗外景象,一览无余,我们自身的面貌也就清晰地浮现出来,一如有西方学者所言,在天主教"三王来朝"的时候,在我们的对面肯定会有一张毫无掩饰的面孔出现:"在面孔中所反映出来的他人,从某种意义上恰恰揭示了他本人的造型特征。就像一个人在打开窗户的时候,他的形象也同时被勾画了出来。"[①]我们编译出版"走近中国"文化译丛,希望诸君看到17世纪以降至20世纪,这一时代映现在西方人眼中的中国,这个时代西方人注视中国、想象中国、创造中国的"尤利西斯式"目光。那目光可能不时流露出傲慢与偏见,但其中表现在知识与想象的大格局上的宏阔渊深、细微处的敏锐灵动,也许,无不令人钦佩、击节,甚至震撼。总之,诸君倘能闲来翻书,读到"走近中国"文化译丛,击节称奇,从中感到阅读欢愉,发出会心的微笑,那便是对我们的勉励,倘能借助这面互证的镜像,打开"窗外的风景",反观自己,审视自己,掩卷长思,从中受到教育,那便是对我们最大的奖励。

值此"走近中国"文化译丛付梓刊行之际,我们由衷地

[①] 〔法〕埃马纽埃尔·勒维那斯:《他人的人道主义》,袖珍书,图书馆散文集,1972年,第51页。

感谢出版方中央编译出版社的诸位领导，感谢他们始终坚守契约精神和不离不弃的支持、合作，感谢编译社诸位编辑的悉心编审，感谢翻译团队师友们携手共耕、辛勤付出，感谢法国知名汉学家雷米·马修先生、郁白先生在百忙中欣然赐序，拨冗指教。

钱林森

2023年5月30日，大病未愈，居家养病期间定稿

南京秦淮河西滨，跬步斋陋室

《远东行记》译序

呈现于读者面前的这部《远东行记》(*Mes voyages. La promenade d'Extrême-Orient*, 1924)，是20世纪法国文学描写远东题材、抒发异国风情的佳作，它的作者是法国20世纪上半叶知名的异国主义文学作家、著名小说家、散文家、法兰西学院院士克洛德·法莱尔 (Claude Farrère, 1876—1957)。法莱尔原名弗雷德里克-夏尔-皮埃尔-爱德华·巴尔戈纳 (Frédéric-Charles-Pierre-Edouard Bargone)，他于1876年4月27日出身于里昂一个祖祖辈辈都出海员的军人家庭，1894年进入海军学院学习。1897至1900年，他先后服役于"沃邦"号装甲舰和"笛卡尔"号巡洋舰，跟随舰艇到过远东地区。1902年至1904年，他在停靠于君士坦丁堡的"秃鹫"号驱逐舰上服役。1903年，皮埃尔·洛蒂 (Pierre Loti) 至"秃鹫"号任船长，两位未来的法兰西学院院士在这艘军舰上相逢，洛蒂成为法莱尔一生的导师，法莱尔曾出版《洛蒂》(*Loti*, 1929) 和《洛蒂与首领》(*Loti et le chef*,

1930）等书，向"大师"洛蒂致敬。1910年，法莱尔受上级委托，在海军参谋部成立情报与历史研究部门并在此工作。其间他因撰写并在报上发表一篇有关法国海军财政危机的文章而被停职，这一风波虽然不久后被平息，却对他的军人生涯造成了巨大影响。一战爆发后，法莱尔在陆军队伍中作战，表现英勇，于1917年获十字军功章。1919年，法莱尔从军队辞职，全身心投入自己所热爱的文学事业中。

从19世纪末开始，还是夏尔·巴尔戈纳的法莱尔就已经以皮埃尔·图勒旺（Pierre Toulven）——图勒旺是洛蒂发现的一个布列塔尼小村庄的名称——的笔名为里昂《救国报》供稿，但他的文学生涯应该说始于1901年。这一年11月，当时最具文学色彩的法国日报《报纸》（Le Journal）组织了一次征文大赛。法莱尔寄出自己的故事《抽鸦片》参加了比赛，在近七千份投稿中胜出，获得第三名的佳绩。这则故事令他获得了素未谋面的象征主义诗人皮埃尔·路易（Pierre Louÿs）的关注，路易很快写了一封热情洋溢的信给年轻的作者，夸赞他的写作天赋，将他视作梅里美、莫泊桑、爱伦·坡的后继者。

路易对法莱尔的关注并不止于一两封信件。他鼓励法莱尔出版故事集《抽鸦片》并在后者出版时为其作序，还为他找到了法莱尔这个笔名。在为《抽鸦片》撰写的序言中，路易提到，在担任征文大赛评委的友人那里初看到法莱尔以

"鸦片"为主题的稿件时，内心其实并不看好作者，因为19世纪上半期的浪漫主义作家似乎已穷尽了这一主题，而且时过境迁，鸦片及其所代表的异域风情、梦幻色彩和病态形象如今已激不起读者任何兴趣。但在接下来的阅读中，路易不仅改变了看法，而且对作者表达了由衷的赞美："一个好的作家不属于他的时代，而属于下一个时代，如果他乐意重拾一个古老的主题，那是为了更新这一主题，让那些我们熟悉的反对意见无法再占据优势。"① 路易欣赏"作者古怪的想象力、叙事的艺术、风格的灵活、遣词造句的灵巧，总之就是预示并能解释某个完美天才的综合能力的一切"②。这以后，路易还敦促法莱尔修改此前写的以交趾支那和东京湾为背景的作品，并提出了很多中肯的修改建议，这部作品便是1905年出版的小说《文明人》(*Civilisés*)③。《文明人》出版后，获当年的龚古尔文学奖。对于路易的真诚赞美与无私帮助，法莱尔始终铭记心间，一生将路易视作自己的老师、榜样和最亲密的友

---

① Pierre Louÿs, Préface, in *Fumée d'opium, Paris*, Ernest Flammarion, 1904, p.IV.

② Pierre Louÿs, Préface, in *Fumée d'opium, Paris*, Ernest Flammarion, 1904, p.IV.

③ 一般认为《文明人》是法莱尔创作的第一部小说，但法莱尔曾指出，《文明人》其实是他的第三部小说，前两部均因质量不高被他自己毁掉。参见 André Moulis, « Claude Farrère évoque Pierre Louÿs... Documents inédits », in Littérature, n°4, automne 1981, p.121。

人，将他写入各种作品中——小说《孤独的人》(*L'Homme seul*)、传记《我的朋友皮埃尔·路易》(*Mon ami Pierre Louÿs*)、回忆录《记忆》(*Souvenirs*) 等。

1906 年，法莱尔以君士坦丁堡为背景创作了侦探小说《暗杀者》(*L'homme qui assassina*)，比阿加莎·克里斯蒂更早设置了被后来的叙事学研究者称为"不可靠叙述者"的人物。小说出版后引起强烈反响，在 1913 年、1920 年、1931 年三度被改编成电影。1909 年，法莱尔出版以日俄战争为背景的小说《战争》(*Bataille*)，作品出版后大获成功，图书销量达一百万册，也同样被改编成影视作品。1935 年 3 月，法莱尔以十五票对十票的优势战胜克洛岱尔，当选法兰西学院院士。1930—1936 年，法莱尔担任战斗作家协会主席，1959 年，即他去世两年后，战斗作家协会设立克洛德-法莱尔文学奖，每年奖励一部之前未获其他奖项的虚构作品。

法莱尔一生创作七十余部作品，涉及小说、故事、游记、戏剧、历史书写等多种文学体裁，同时也是《法兰西海军史》(*Histoire de la Marine française*) 的作者。他的很多作品都取材自己担任海员的经历，土耳其、印度、远东（越南、中国、日本）等地区及其文化是法莱尔作品素材的主要来源，以远东为题材和故事背景的作品，除了前面提到的《抽鸦片》《文明人》《战争》，还包括《我的旅行》(*Mes voyages*)、《东方的精神力量》(*Forces spirituelles de l'Orient*)、《亚洲的悲剧》(Le grand drame de l'Asie)、《欧洲在亚洲》(L'Europe en Asie)等多部作品。他的作品对多位作家尤其对谢阁兰产生了重要影响。布耶指出,法莱尔对谢阁兰的影响与沙畹(Édouard Chavannes)、微席叶(Charles Vissières)等大学教授不同,因为他的"艺术创作促使一个神秘的中国在谢阁兰心中萌芽"①,受他作品的影响,一个不同于真实中国的想象国度就此在谢阁兰笔下诞生,并成为后者的精神家园。

《远东行记》是法莱尔继《抽鸦片》《文明人》《战争》之后又一部选取远东素材、描写异国风情的力作,是与洛蒂《北京的末日》(Les derniers jours de Pékin, 1901)齐名的一部异国主义文学佳作。《远东行记》从体例看是一部游记,属于法莱尔所著《我的旅行》的第一部,出版于1924年,《我的旅行》的第二部出版于两年后,题为《在地中海上》。《远东行记》记录了从巴黎出发,至马赛乘坐邮轮,在四十天里穿越地中海、红海、印度洋、南海、东海直至日本的游历过程。全书共六章,包括"从马赛至西贡""在印度支那""在中国""中国人自画像""古日本""现代日本",从每章的标题可见,法莱尔似乎采取了游记最普通的写法,也就是边走

---

① Henri Bouillier, « Les grandes directions de l'empire chinois de Segalen ou le détour illuminateur de la chine », in *Les Écrivains français du XXe siècle et la Chine*, Christian Morzewski et Qian Linsen (dir.), Arras, Artois Presses Université, 2001. https://books.openedition.org/apu/9863?lang=fr.

边写，根据邮轮的航线与停靠的港口来记录游览的内容。由于他的目标是"远东"[①]，因此，尽管地中海上不乏奇景，尽管从马赛到西贡，邮轮会沿途停靠不少历史悠久的名城，乘客们也会欣赏到千变万化的自然风光，但作者都在第一章中将这一切匆匆交代完毕，从而将更多篇幅用于对"印度支那"、中国、日本的描写。

"在印度支那"一章，作者主要介绍了越南南部的湄公河三角洲以及西贡、堤岸等城市，北部的东京三角洲以及顺化、海防、河内等城市，以及位于中越边境的拜子龙湾。"在中国"一章中，作者重点介绍了香港、澳门、广州、上海、南京、北京等城市及周边农村。在"现代日本"一章中，作者主要介绍了长崎和日光两地。在法莱尔笔下，一幅19世纪末20世纪初的远东图景缓缓在我们眼前展开。

尽管如此，细读之后，我们会发现这部作品存在一些古怪之处，比如作者一开始就交代："既然我们已经说好去远东旅行，到真正的远东，我是说交趾支那、中国、日本，那么我们首先得出发，然后才能到达……当务之急，是一起研究一下旅行的路线。路途很遥远，我们将在海上度过四十天。"随后，作者如同做旅行计划一般，用简单将来时告诉我

[①] "远东"一词本身带有欧洲中心主义色彩，但为论述之便，我们在文中还是沿用法莱尔的语汇，用"远东"来统称他所提到的中国、日本、越南等东亚和东南亚诸国。

们:"路途很遥远,我们将在海上度过四十天。""著名的蓝色列车——加莱-马赛快车——将在一个晴朗的夜晚把我们带走。""天亮时我们将抵达马赛。""我们将自西向东渡过整个地中海。""我们将从头至尾渡过东地中海。""十天的最后一天,也就是从马赛出发算起的第十五天的早晨,在那通常显得粉红异常也就是呈珊瑚红色的太阳初升之际,我们将看到一些绿得惊人的东西突然出现在我们的艏柱前。这些东西就是锡兰。"除了简单将来时,作者也频繁使用现在时,描写异域风景,记录风土人情,仿佛我们看到的不是一部游记,而是一本导游手册。这种写法与我们对游记的一般认识不甚吻合,因为通常而言,游记都是对自己某一次或某几次旅行经历的记录,过去时是游记最常见的时态。

这种反常的写法可能有多种解释。首先,虽然《远东行记》记录了从法国到日本的四十天航程,但对于法莱尔本人来说,这段航程他并非一次性完成。在《记忆》中,法莱尔提到,他曾到过远东多次。第一次是在1897年至1900年间,身为军人的他被派遣至印度支那,先后在"沃邦"号、"笛卡尔"号、"帕斯卡"号等军舰上服役,大部分时间在越南度过,曾因军事任务在不同时期短暂到过中国、朝鲜、日本。之后他离开远东来到土耳其,随后又返回法国,直到1919年离开军队后,他才有机会以私人名义返回远东,并深度游览该地区。因此,《远东行记》看似记录了一个完整的四十天航程，实际上是作者围绕这条航线上的不同港口——尤其是远东各个城市及周边乡村，对自己近三十年的游历生涯进行了一次总结，书中所记载的轶事来自这段三十年经历的不同时期。这应该也是作者频繁使用能够表达重复与习惯的现在时的原因。

其次，虽说是游记，但法莱尔似乎更倾向于介绍一般性的历史文化与风土人情，并对此展开思考。除了必要之处，《远东行记》没有多少风景描写，这一点与洛蒂的同名作品很不相同。而在介绍锡兰的腹地、安南的大理石山、日本的日光市时，法莱尔干脆直接大篇幅引用洛蒂的作品。[1] 我们可以断言法莱尔这一举动是在向他的老师洛蒂致敬[2]，可以推测他对这几个地方缺乏了解，但也可以认为，自然界对他的吸引力不如社会人文。例如，以历史文化背景介绍为主要内容的"中国人自画像"和"古日本"两章本身与四十天的航程没有直接关系；再如，著作的很多篇幅被用于介绍远东各国从古至今的历史、语言文学的伟大成就、影响历史与社会的重要人物等等，"在中国"一章尤其介绍了老子、孔子、孟子及其对中国文化的影响，"中国人自画像"一章谈论了古代中国的

---

[1] 包括"地下宝塔"（Pagodes souterraines）、《（没有英国人的）印度》（*L'Inde (sans les Anglais)*）、《日本之秋》（*Japoneries d'automne*）。

[2] 实际上，法莱尔曾在回答某记者提问时指出，自己的写作完全没有受到洛蒂影响。如果说有谁影响了他，那可能是吉普林。参见 A.V.de Walle, « Claude FARRÈRE, marin et romancier », *Ouest-France*, 6 octobre 1931。

语言、文学、文化和历史,"古日本"一章着重介绍了日本古代史,其中穿插了大量日本民间传说。这些章节同时体现出作者渊博的学识及其对远东文化的兴趣。

归根到底,法莱尔对"人"更感兴趣,每到一处,首先吸引他目光的是当地的人群,人的外貌长相、穿着打扮、精神面貌、性格特征……因此,《远东行记》为我们绘制出一幅幅生动的人物画像,既有群像,也有个人肖像。"小船上有很多女人,在这一带,水手的职业是一种非常女性化的职业。她们自然都是黄皮肤的女人,头发乌黑光滑,上面总是插满绿色的首饰(真玉或假玉)。""除了能品尝到在欧洲从未见识过的美味饮料,你们还能看到五六百个出生显赫的中国人,在他们那些无比优雅的妻子或者女性朋友的陪同下,与你们一样喝着茶,表现得非常谨慎,非常有风度,非常真实。另一方面,即使是在1924年,这些风度翩翩的中国人的服饰都明显没我们的那么可笑——我指的是男装——,因此,没什么比观看这一灿烂夺目的人群更为赏心悦目的事了。女士们都穿着绸缎裤子,或硬锦缎材质的裤子,一动就会起明显的褶皱。上身穿着中国式上装,总是一层层地绣着最迷人、最新鲜的颜色:粉色、紫色、珠灰。除了用袍子代替女式裤子之外,男人们的穿着打扮几乎同女人一模一样。从前,我看到他们时,他们还留着长长的辫子。照我看,这简直太适合他们了!""日本人对外国人很热情好客,至少从表面看来是这样的。每一次相遇，每一次接触——即使是偶然的和瞬间的，都伴随着敬意、微笑和轻声的'请多多关照！请多多关照！'后者无他，只是一种合宜的、热情的问候。"这些是群像。

群像之中也穿插着单个的人物肖像。例如冯子材将军的肖像，一个无所不能的安南裁缝的肖像（作者甚至给出了他的名字——李够义），一个同样无所不能的广州商人的肖像，等等。有趣的是，在描绘这些肖像时，法莱尔往往采用直接引语形式，栩栩如生地将对话呈现在我们面前。面对这些对话，我们或许会心生疑惑，不知道法莱尔何以能如此清晰地记录多年前发生的对话，例如我们通过他的回忆录，确切地知道与冯子材将军的相遇发生于1897—1900年作者在远东服役期间。然而，我们也会很快打消疑惑，因为我们会看到，无论是对将军的描写，还是对无名商贩的描写，其功能与群像是相同的：法莱尔的最终目的，是借助个人肖像佐证或思考整个民族的性格，因此是否如实记录对话其实无关宏旨，重要的是对话意图表达的信息。反观《远东行记》，会发现其中至少有四章（"在中国""中国人自画像""古日本""现代日本"）是以对民族性格与民族精神的思考结尾的，法莱尔由此表现出一个比较人类学家的特质。

法莱尔自幼就对东方表现出异样的兴趣与向往之情。《远东行记》提到，因海员父亲的讲述，从孩提时代起，法莱尔就萌生了对远东的向往。之后受益于在海军学院学习以及之后在海军任职的便利，他得以实现梦想，从十九岁起便开始乘坐船舰，穿梭于连通东西方的海面，1897年以后，他终于踏上远东的土地。1897年至1903年间，他写了上百篇有关大海与远方的文章，并以皮埃尔·图勒旺的笔名在里昂《救国报》上发表了第一批介绍远东的文章。

纵观法莱尔的创作生涯，作家书写的作品类型多样、体裁丰富，既包括虚构作品，也包括非虚构作品。如果说，虚构小说不强求与现实的完全吻合，那么，非虚构作品则要求作者言论的准确性，也就是说，他要对所谈论国家和地区的语言文化有较高程度的了解。我们在自己掌握的资料中没有看到法莱尔是如何学习这些外语的，只看到法莱尔在追忆自己一生的挚友皮埃尔·路易时，曾反复提到一个细节：当他刚学会写第一千个汉字时，他的朋友路易已能将这些汉字翻译成朝鲜语。这个时间大约在1906年至1911年间。法莱尔可能是靠自学加实际操练的方法学会了远东多国的语言。

法莱尔的日语与越南语水平，我们无从知晓，从汉语水平来看，学会一千个汉字与无障碍阅读汉语著作尤其中华典籍之间还有很长的路要走。我们推测法莱尔应该是无法直接阅读汉语著作，只能依赖法国的翻译与研究，这部分地解释了他所提供的相关信息的不确切性。这种不确切性首先体现于对一些基本史实的描述，在涉及具体数字与年份时尤其如此，例如，在谈到尧舜禹时法莱尔说，"族长尧帝和舜帝在陕西之后又攻克了山西，之后是河南。那时中国实行的是禅让制。公元前 2205 年，大禹建立了第一个世袭制的王朝，即夏朝。夏朝维持了四个半世纪，其间有十八位皇帝相继登基。公元前 1766 年，夏朝灭亡，商朝继起：二十八位皇帝，六个半世纪"。不仅年份、地点等相关信息不符合中国史书的记载，对相关史实的认识也存在简化倾向。

认识错误还体现在对经典文本的解读上。在"中国人自画像"一章中，法莱尔引用了《诗经》某诗句，从法译文回译为："日月交汇之际，十月的头一天，六十甲子第二十八年，日食出现，这是很不好的预兆。月有月食，日亦然……现在，人民的运命堪忧。"这段文字应出自《诗经·小雅·十月之交》："十月之交，朔月辛卯。日有食之，亦孔之丑。彼月而微，此日而微。今此下民，亦孔有哀。"对比之下，会发现译文有多处误译，将"十月之交"理解为"日月交汇之际"，将表示时间的辛卯理解为表示年份的辛卯，对"彼月而微，此日而微"的翻译也不甚准确。对其他典籍的引用同样如此，例如对《礼记》中一句话的引用，回译后如下："天子有一位第一等级的妻子，三位第二等级的妻子，二十七位第三等级的妻子，九位第四等级的妻子，八十一位第五等级的妻子和无数位第六等级的妻子。"与这段文字最为吻合的应是《礼记·昏义》中"古者天子后立六宫、三夫人、九嫔、二十七世妇、八十一御妻……"一句，但有明显的错误。当然，严格来说，这些错误应不是法莱尔本人所犯，而是源自他参考的典籍法译本。经考证，《诗经·小雅·十月之交》这段译文引自法国汉学家顾赛芬（Séraphin Couvreur）翻译并于1896年在河间府出版的《诗经》中、法、拉丁文对照本。《礼记·昏义》这段译文则比较奇怪，与1851年出版的伽利略（Joseph-Marie Callery）版译文和1899年出版的顾赛芬版译文都不同，由于作者没有提供出处，这一有误的译文究竟出自何处如今已不可考，不过，译文中将"天子"译为"le fils du ciel"，这吻合顾赛芬的翻译习惯，因此，这段译文或许是法莱尔对顾赛芬译文的改写。

可能也正是对中国语言文字缺乏深入的研究，法莱尔对远东尤其中国的认识还是停留于表面。他曾在中国看到一些矛盾现象：一方面，中国古代科学技术相当发达，对很多自然现象早有科学解释，另一方面，科学的发展并没有消除迷信，老百姓即使懂得日月食原理，却仍然将其当作某种征兆。他推测这一状况可能与老子在中国的地位与影响不无关系，老子的道家思想和黄老之术深刻影响到中国的方方面面，甚至可能是中国一切迷信行为的源头，导致迷信成为一种根深蒂固的传统，不会轻易被动摇，进而感叹："当我看到这一如此智慧、如此理智、如此勤劳的民族在很长一段时期，在几个世纪内持续着类似的迷信活动时，我总是会将责任归咎于某个人，而非某件事上。上帝保佑我没有诽谤老子。我没有深入研究过他的哲学，但我相信他是这些中国怪事的罪魁祸首。"这样的观察与结论无疑是对老子思想的一种误读，表现出一种简单化思维。

上述刻板印象难免令人联想到法莱尔海军军官的身份，以及某种程度上的欧洲中心主义与殖民主义倾向。我们的确可以在《远东行记》中看到法莱尔对法国式殖民主义的拥护，他曾对比英国殖民地与法国殖民地，认为"这两个殖民地中至少有一个是建立在公正、公平的基础之上的，换句话说，是建立在当地人利益与殖民者利益互相结合的基础之上的"，他极力赞扬法国殖民部长阿尔贝·萨罗，肯定他"坚决地引入一个理念，即土著居民必须是殖民活动的第一个受益者"，他认为法国殖民者的贡献在于"给整个印度支那地区带来了财富，同财富一起，还有和平"，并认为殖民者比当地政府更好地继承并发扬了本地的古代治理传统。

尽管如此，我们仍无法简单地将法莱尔等同于殖民主义者。一方面，在《远东行记》中，法莱尔本人曾强调："别把我当作一个沙文主义者。有时人们反而会指责我不够沙文主义⋯⋯我是一个太老朽的官员，我见过太多的战争，所以无法对其产生好感；有时，我在殖民地参与过太多令人遗憾的事，所以几乎总是站在当地人的立场来反对殖民者。"这种立场也体现于他的文学创作中，例如小说《文明人》以越南为背景，猛烈抨击了在越南的法国侨民，揭露了他们无耻的殖民活动。另一方面,对于认识他者过程中会产生的偏差甚至谬误,法莱尔本人有清醒的意识:"在我看来,人们很难正确、公正地谈论太新鲜的事物;而且你们也想象得到,当谈论的是一个头脑似乎跟我们长得相反(洛蒂语)的民族时,那更是难上加难了。"

  对文化差异造成的认识偏差的意识,对人类社会的兴趣,对不同民族抱有的同等热情促使法莱尔最终克服时代与个人局限,超越种族与身份,充满敬意地对待他者文化,即使后者有时令他困惑不解。因此他反对自己的同胞因不理解而嘲笑"屏风之中国",同时自觉承担起向同胞介绍真正的中国的任务。那么什么是法莱尔眼中真正的中国? 20 世纪 20 年代的法莱尔选择从中华典籍——用他的话说是"我们手头拥有的最古老的中国文本"出发去了解,并发表了以下的言论:"当我说'真正的中国'时,你们不要误以为是'屏风之中国',也不要误以为是轻歌剧和滑稽戏中的中国,而是另一个中国,真实、严肃的中国,也就是说那个有着四亿人口的国家。这四亿人干的活都比我们多,比我们好,而且努力的劲头更持久……总之,这个世界上独一无二的中国有着六千年的真实历史,而且,尽管它已六千岁高龄,却一点也不显得老朽,恰恰相反!因为它仍旧过着一种活跃的生活,比任何一个古老或年轻的民族都更为活力四射。"出于对他者文化怀有的敬意,出于对真实还原这些文化的善意,凭借一种生动风趣而非道德说教的风格,《远东行记》即使存在认识上的部分错误,仍然对于增进法国及西方读者对远东的了解,尤其增进其对理解远东文化的意愿起到了重要作用,这是显而易见的,也是弥足珍贵的。

《远东行记》原系"走近中国"文化译丛续编首批书目之一。法文原著迻译始于新世纪之初,受文化译丛主编钱林森教授之邀而译成中文,译稿经钱先生悉心审定。值此中文版行将付梓刊行面世,弹指一挥间,不觉已十几载过去了。在此仅向中央编译出版社编审致以谢忱,《远东行记》首版中文版即将敬献于海内外广大受众读者、方家,敬请拨冗指教。是为序。

曹丹红、钱林森
南京,2022/5/29 初稿,2022/6/1 定稿

目 录

第一章　从马赛至西贡　　　　　　　　　001

第二章　在印度支那　　　　　　　　　040

第三章　在中国　　　　　　　　　　　086

第四章　中国人自画像　　　　　　　　135

第五章　古日本　　　　　　　　　　　172

第六章　现代日本　　　　　　　　　　216

第一章　从马赛至西贡

既然我们已经说好去远东旅行，到真正的远东，我是说交趾支那①、中国、日本，那么我们首先得出发，然后才能到达……

当务之急，是一起研究一下旅行的路线。

路途很遥远，我们将在海上度过四十天。在我们这个小小的星球上，最远恐怕也只能走那么远了。还得选择一个海况适宜、不易晕船的季节。就让我们乘着冬天的季风而下吧，它对印度洋充满敬意，而我们将从印度洋最宽处横渡。时间一旦确定，即刻上路！我们自然是从巴黎出发的。此刻我们正经由多美尼尔大街，前往里昂火车站②。在那里，著名的蓝色列车——加莱—马赛快车——将在一个晴朗的夜晚把我们带走。加莱—马赛快车似乎是世界上最完美的列车，我相信这是真的。真正令人惊叹的列车，丝毫不会感觉到晃动。当然

---

① Cochinchine，历史上法国殖民者对其在越南南部殖民地的称呼，大致包括今日越南湄公河三角洲、东南大区一带，首府设在西贡。——译注

② 里昂火车站（Gare de Lyon），巴黎六大火车站之一。——译注

也不会听到别人在车厢门口叫"拉罗什，第戎，里昂，阿维尼翁"的声音，因为我们在卧铺车厢，而卧铺车厢是用来睡觉的。天亮时我们将抵达马赛。

别指望我们能在那里遇上好天气。在十一月、十二月或一月份，天气可能会寒冷且干燥。我劝你们不要预订酒店里那些窗子直接朝向卡纳比埃尔大街人行道的房间。这条世界级大动脉上的噪音肯定会让人休息不好。然而，既然我们在黎明时分就已到达这里，我们就有时间到处转转，尤其可以去若丽埃特码头看看即将带我们远行的邮轮。这艘邮轮对我们来说至关重要；在四十天里，它将是我们的

马赛——若丽埃特码头和大教堂

家。让我们去瞧瞧它。甲板是肯定上不去的，因为这是启航的前一天，也是大扫除并把一切擦得铮亮的一天……我们只能在远处观望。

*

现代邮轮是一件非常漂亮的东西。如果想对它的外形有一个概念，一个很精确的概念，就去看看塞纳河上的快艇吧。船体完全一样，只是放大了。一艘现代邮轮有一百八十米或二百五十米长，但是，除了尺寸外，它同快艇一模一样，而且同后者一样，异常修长、优雅、高贵。两根桅杆，两个、三个或四个烟囱；船体上有一栋四层高的豪华水上宫殿，全部漆成了白色，上面有数不尽的窗户，数不尽的金饰，数不尽的灯火，数不尽的奢华——这些都是船舱。

我当然不会跟你们讲船体机身，也不讲安全设施和机器设备。邮轮开得很快，这是理所当然的。但是，特别要知道的是，在此，人们不会遭遇任何危险。我几乎敢打包票，如果某个出奇的事故将一艘真正的邮轮硬生生地折为两半，那么这两半都将漂浮在水面上。所以……让我们大胆地上船吧。船舱非常有意思，我们得了解它。有些舱室在外面，有些舱室在里面，后者不如前者好。我们都是内行人，因此都选择了外面的舱室。船上有很多宽敞的会客厅；有巨大的餐厅,里面的餐桌却很小;有音乐室、阅览室;有酒吧,我记不清是英式的还是美式的了。我那著名的同行阿贝尔·埃尔芒[①]曾指出,英式酒吧和美式酒吧之间有一个小小的区别,我想不起其中哪些是永远不会关门的。无论如何,"我们"船上的酒吧都是"彻夜开放"的。甲板上设置了露天赌博机,还有许多长椅子,我们到达的时候,由于天气很冷,你们可能不清楚它们究竟有什么用。请耐心等待……风水轮流转。但可以肯定的是,明天启航时,小姐们,太太们,你们得穿上最厚的大衣,围上所有的毛皮,披上所有的外套。

邮轮在晚上六点启航,这是惯例。

然后,我想最好还是提醒一下大家,邮轮刚开出时会有些晃动。马赛四周地势有些崎岖不平。太太小姐们,你们几乎没有时间欣赏身后绝妙的城市全景:几乎已经空无一人的港口(海军已经走了),房屋密布的丘陵,玛卓大教堂,贾尔德圣母院和它那高高在上、俯瞰一切的金色雕像……因为你们立即就会感觉到不适。不,你们不会晕船……只是会有些担心!也许第一天晚上你们甚至不会吃晚饭。那就太遗憾了!一定要吃晚饭!第一餐是最最有意思的。船上乘客们笨手笨脚的样子,他们为自己寻找桌子以避免碰上惹人讨厌的同桌时出现的尴尬相,勉为其难的自我介绍,船上官员

[①] 阿贝尔·埃尔芒(Abel Hermant, 1862—1950),法国作家,曾当选为法兰西学院院士。——译注

们——指挥官、特派员、医生——的殷勤,没什么比这更逗的了!想象一下:将这些人集中在一起,让他们共同生活四十天而不争吵……不过也没有你们想象的那么困难,至少去时是这样的。我在邮轮上看到过很多次争吵,但都是在回程中。去时,人们的心态都很友好……每个人都很健康(因为我们是从法国出发的);人们朝未知的世界进发,眼睛睁得大大的,心里充满全新的好奇……总之,一切都好!而回来时,因为肝脏或胃部的疾病,人们都神经紧张,争执也频繁起来……

*

我们将自西向东渡过整个地中海。冬天地中海的气候常常很恶劣。第一个早晨,我们将穿越博尼法乔海峡。人们会指给我们看埋葬"快乐号"的小公墓地:这艘战舰曾连人带货消失在此地(这已成为往事,现在不会再发生类似的事了……再也不会,让我们都铭记这一点!)。之后是第勒尼安海,我们将看到斯特龙博利岛,可能是在晚上,希望上面能有一弯美丽的月亮(非常漂亮,甚至意味深长……)火山可能会喷出几朵小火焰,向我们致敬。第二天是墨西拿,它已成废墟,因此格外庄严,然后是与墨西拿相对的雷焦。夜晚的雷焦灯火通明。之后我们会看到卡律布狄斯漩涡,看到斯库拉岩礁[①]……其实我们看不到它们，因为斯库拉不过是个海角，同所有海角一样。至于卡律布狄斯，我们会从其上经过。这个著名的海沟，从前它对于那些"弯船"[②]具有那么致命的威胁，现在我们甚至觉察不到它的存在……我本人曾二十多次经过卡律布狄斯，却从没看到过什么！可能它从未存在过。事实上，是尤利西斯，一个希腊人，从前编造了这个无稽之谈。

之后，继续赶路。我们将从头至尾渡过东地中海。航行的第四天晚上——从马赛启程开始算起——，我们会发现大海忽然之间变了颜色，之前，它是蓝色、绿色或灰色的，视时间、天空或风的情况而定；忽然之间，毫无征兆地，它就变成了黄色。这全是尼罗河捣的鬼。尼罗河就在那儿。我们当然什么都看不到。埃及是个平原国家，在踏上这块土地之前，你们什么都看不到。尽管如此，在晚上八九点钟的时候，我们将抵达塞德港。这是一次奇特的经历。当代最有名的作家——英国人鲁迪亚德·吉普林[③]某天曾以他特有的天

[①] 卡律布狄斯（Charybdis）和斯库拉（Scylla）是希腊神话中的两个怪物，一左一右守在墨西拿海峡两边，专门吞噬海上过往船只。——译注

[②] 荷马史诗《奥德修纪》中尤利西斯及其他出征的阿凯人乘坐的船只。中译文参见〔古希腊〕荷马史诗《奥德修纪》，杨宪益译，上海：上海译文出版社1979年版。——译注

[③] 鲁迪亚德·吉普林（Rudyard Kipling, 1865—1936），英国著名作家，1907年获诺贝尔文学奖。——译注

赋,别致而准确地说过:"如果你很想跟某个你结识的而且经常旅行的人重逢,在这地球上有两个地方,你只需坐在那里等待,而你等的人迟早会出现,这两个地方就是伦敦码头和塞德港。"

塞德港(法国邮船公司照片)

总之,塞德港是所有那些想要带上自己的手杖和帽子出门去的人……也就是一本正经出门去的人必经的前厅。

*

在塞德港，来自世界各地的八十艘大邮轮在等待着我们，同时也等待着驶入运河的时机。我们的邮轮刚刚停泊。夜幕降临。锚还未沉入水底，甲板突然之间就被一队可怕的人群占领了，这群人中有黑人、阿拉伯人、贝都因人、希腊人、马耳他人、的黎波里人、北非农民、叙利亚人、地中海东岸人，所有这些不同肤色的人操着所有巴别塔的语言大声叫嚷着。这些不是上船袭击的海盗——你们可能会这样认为，正如勇敢的塔尔塔兰①在阿尔及尔所担心的那样——，他们只是爱好和平的船夫和卑躬屈膝的向导，在以东方的方式提供服务。东方的方式是吵吵嚷嚷的，仅此而已。我们只需适应就行了。

这些大嗓门的人只是为了将你们带上岸。啊，注意了，这一晚，一定要上岸……大家听到了吗？是"一定"。"一定"要上岸……！否则，小姐太太们，你们在二十分钟之内就会变成纯种的黑人！在船上，人们要"加煤"了！也就是说，人们要在"我们"的煤舱里灌入两百万、四百万或者八百万公斤的煤炭，在埃及和锡兰之间，需要它们来供养我们的机器。直接的结果：船上所有开口的地方，包括门窗、舷窗、老鼠洞都将被关闭、堵死、塞住，因为煤灰也就是煤粉无孔不入。你们的舱室是关闭的。在里面，你们会感到窒息；在

---

① 塔尔塔兰（Tartarin），都德小说《达哈士孔的狒狒》中的主人公。——译注

外面，你们肯定能洗个真正的墨水澡。

所以，上岸吧，赶快上岸，"尽快执行完毕"，像水手们说的那样。你们已经吃过晚饭了，在海上，晚饭时间在六七点之间。赶快把自己托付给第一个前来的船夫……然后跳到码头上……我伸着手呢，您别怕。"瞧瞧，您怎么张着嘴待在原地啊？""什么？""塞德港，"你说，"塞德港……""请直说。""塞德港同其他城市有什么不同吗？"当然不同！完全不同！

事实上，塞德港不是一个城市……根本不是个城市……它是……怎么说呢？……是大火车站的餐厅：人们只是经过那里而已。实际上，我觉得塞德港是世界上最不像话的城市。当然，我们不会在这一点上多费口舌。有什么用呢，我的老天！这么说吧，在两所房子中，有一所或者一所半是舞厅……而且并不总是高雅的！但是，时而也有高雅的，因为塞德港无所不包！你们首先要穿过一群几乎赤身裸体的人，他们扛着巨大的装煤的篮子走向四周的邮轮。你们将从一个流溢着白色、紫色电光的码头上岸。接着，你们意想不到地就置身于音乐、舞场、游乐节目、五光十色的招贴画和稀奇古怪的店铺中间了。这就是从火车车门或邮轮舷窗处看到的塞德港。当然，无论如何，你们都不得不进入其中一家，喝一杯糟糕透顶的啤酒，或者根本见不着柠檬踪影的柠檬水：这是为了让别人给你们表演某种狐步舞……你们得靠跳舞来打发时间，因为你们得在那里待到凌晨两点或两点半。煤在两点以后才能装完，而你们只有在煤装完以后才能重返你们的床榻。没关系，凡事都有尽头，包括邮轮装煤，包括塞德港之夜。你们迟早会带着些许疲惫回到船上。

有趣的是，昨天在上船时，你和你那同样都是一等舱乘客的五百个同伴还互不相识，今天，当重返邮轮时，你们已经彼此认识了。我的天！整个晚上，你们在四处撞见对方！甚至还在一起跳过舞！因此……那些目光短浅的哲学家曾断言说战争是人类进步和完善的伟大车乘。多么好战的谬误！探戈和西迷舞才是有效融合种族的工具，即使是在远东的邮轮上！……

*

于是你们回到船上，进入梦乡，然后在邮轮乘客该醒来的时间醒来，也就是九十点钟的光景。人们会送上牛奶咖啡或巧克力……然后你出去看看四周发生的事。你会发现改换行头迫在眉睫，因为温度已经改变了！突然之间，天气就热起来了，而且非常热，急剧的跳跃。昨天，在地中海时，还是十度或十五度；今天已经到三十度了，而且这只是个开始。此时你们在苏伊士运河中。顺便说一下，这是最不值得一去的旅行：在这里，我会清楚地向你们描绘苏伊士运河，就如

穿越苏伊士运河（法国邮船公司照片）

同你们亲身经历过一般。

我们的邮轮在一条狭窄的水道中通行，水道位于两堵巨大的沙墙之间。我们什么都看不到，什么都看不到……只有沙子。但也不要忘了，左舷这边，也就是我们的左边是巴勒斯坦，再往南去一点，是阿拉伯地区——腓力斯人的土地，也就是整个古代史最古老的那个：圣史。右边是埃及……当波拿巴指给他的士兵们看那四十个世纪，那即将从金字塔顶俯瞰他的功勋的四十个世纪时，我不知道他的士兵们是否真的看到了它们。但是在邮轮上，只要闭上眼睛，你们就能很清晰地看到它们。想象一下，在这堵墙后面，是比圣史更具传奇性的历史，一个经历了数千年的历史：法老们的历史！……一堵墙后如果发生了一些事，从来就不会令人无动于衷；而一堵墙后如果发生了数以万计的事，我向你们保证，这要更为震撼人心！

每次穿越苏伊士运河时，我都会感到一种真正的激动，并陷入两种无边的记忆之中，一边是埃及，另一边是所有的东方民族。总而言之，三十三个世纪之前，就是在这里，在这些沙丘之间，拉美西斯和尼布甲尼撒的军队展开了鏖战。

穿越运河大约要花二十四个小时。之后，德·雷赛布先生[①]的运河就会被我们甩在后面。我很希望人们最终能这样称呼它，归根到底，建造这条运河的是一个法国人，尽管今天它已经不是法国的了，甚至不是世界性的了……现在，我们位于一条狭长的海湾中，即苏伊士湾。左边，是一座大山……什么山？西奈山。想想吧：我们正置身于历史之中……右边，是渐渐远去的埃及的悬崖……四天时间，我们将穿越红海，而且我们一直能看到海岸，或是从右舷，或是从左舷。从左舷望去，是整个阿拉伯地区，伊斯兰、麦加，和先知所爱的麦地那……从右舷望去，是古老的埃及，以孟菲斯、拉美西斯二世及其后的以底比斯为代表的埃及……之后将是闷热的天气，完全平淡无味的宁静，尽管我们是在海上，但时不时会有一点灰尘从天而降。阿拉伯和埃及的沙子是那么轻柔，一丝不易察觉的微风，一丝动静不大的微风就

---

① 德·雷赛布（Ferdinand Marie Vicomte de Lesseps，1805—1894），法国外交官、实业家，曾主持开凿了苏伊士运河。——译注

足以将它们带到过往的船只上。

　　差点忘了，每个晚上，我们都会有一项高品味的消遣活动。每个晚上，不是吗？我们从前读过儒勒·凡尔纳的小说，我们对它们烂熟于心……所以，我们不会忘记其中有一本叫《绿光》。儒勒·凡尔纳所说的"绿光"不是小说家编造的，而是一种真实存在的光线。最常见到绿光的地方是红海，可以说每天都能看到。我们只需在傍晚六点左右，在太阳快要下山时登上甲板。红红的大圆盘朝地平线下坠，整个西天都像着了火一般。突然之间，太阳沉入大海中。我们无法看到整个太阳了，圆盘的一小部分已经消失。然后太阳继续下沉。一半沉下去了，接着是一半多一点。此时，看仔细了：它的颜色变了，刚才还是红色的，现在变成黄色的了……它继续下沉。我们只能看到一小部分了。这一部分变成了青苔色，它渐渐变小，即将消失。突然之间，青苔色让位给了一种意想不到的颜色：最美丽的祖母绿石那种最漂亮的绿色！令人目眩神迷。别以为这是光学上的幻觉！拿起你们最好的望远镜，仔细观察：太阳真的变成绿色了……接着，它就消失了……

　　对于这一小小的现象，人们作出了三百六十五种解释，其中没有一种能令我完全满意。但这件事本身是不容置疑的，我可能已经观察过上百次，而且还有无数人证。这是红海一大谜团。

　　我们花了四天时间穿越了地中海，又花了四天时间穿越了红海。现在是旅行的第九天。尽管有些邮轮不停靠吉布提，但我们将在此地逗留四五个小时。从前，船停靠在对面的奥博克或亚丁。这三个中转站几乎一模一样，或者说差别不大。我们将在滚烫的沙地上落脚。这个城市的树那么少，以至于它们全部被集中在一个花园里，总督的花园……相信我，这真是个贫瘠的花园！

　　这是一个位于撒哈拉沙漠中的非洲城市，沙漠化的……黑色的城市：我们看到的居民几乎全是黑人……然后是覆盖着圆形茅草屋顶的小屋……然后是咖啡，装在巨大的袋子里……大量的咖啡！可别忘了，我们对面是穆哈，身后是哈拉尔[①]。祥和的骆驼商队出现了：他们来自埃塞俄比亚深处，孟尼利克王国或他的后人的领土……这一古老的埃塞俄比亚也无限神秘。总体上，这是个主要信仰基督教的国家，尽管其仪式同我们的很不一样。很久以前，我是说在公元前一万年或一万两千年，在玛士撒拉和诺亚的时代之前，希伯来人很可能是从这个国家出来的。今天，人们猜测他们当时穿过的可能是曼德海峡，而不是苏伊士地峡……因此他们很可能

[①] 穆哈（Moka）和哈拉尔（Harrar）都是出口优质摩卡咖啡的城市。——译注

就在吉布提附近经过……

吉布提——原住民城市（法国邮船公司照片）

在这次旅行中，每时每刻，我们都将行走在无比古老、古老得不可思议的尘土之上。我知道有一些国家比我所谈论的这些国家美丽许多，我不知道哪些更令你们心驰神往，更令你们焦虑，更令你们担忧。我想起我的老师洛蒂[①]曾说过的话，那是在他远游波斯途中，那天他来到薛西斯大帝的宫殿的废墟之前，他说，在这些承载着太多岁月、见证过太多往

---

① 洛蒂（Pierre Loti，1850—1923），法国作家，1891 年当选为法兰西学院院士。——译注

事的古老石头前，有一种恐惧攫住了他……至于我，每一次去远东时——哪怕只是在想象之中，我都会感受到这种恐惧。仿佛将神秘的圣物和著名的灰烬踩在了脚下……

*

现在，我们离开了吉布提。我们将南下。用水手们的话说，是扬帆直下几千尺……事实上，新加坡正好位于赤道上。你们认为天气将越来越热？不。我们在印度洋，这里现在是冬季。我们特地选择在十一月或十二月离开法国，这样就能在印度洋中迎来我们梦寐以求的最好天气。事实上，海风轻柔地从我们后方吹来。邮轮摇晃的程度不比一个舞厅更厉害。很自然地，它将成为一个舞厅……在船上除了跳舞，还能做什么呢？

自塞德港以后，我们有时间互相结识，想想吧！另外，气温已经变了，甲板上的景象也已经变了，完全变了。放眼望去，只能看到白色的纱裙。晚饭时，男人们抛弃了阴郁的欧式装束——黑呢和黑缎，换上了白色无尾礼服，就像热带国家的习惯那样。不少艳遇由此滋生。邮轮奇迹般地变成了某种很友好、很迷人的东西。从早到晚——邮轮是世界上人们工作得最少的地方，首先因为这里太热了，而且这里洋溢着一股太过温柔的懒散气氛！——从早到晚，我们都会坐在我们的长椅子上。亲密关系逐渐形成，人们聊天，互诉衷肠，互为对方感动……人们吸烟，喝冰镇柠檬水，吃饭，吃不计其数的饭……在没有其他消遣活动的情况下，吃饭也变成了一种消遣！船上的第一顿饭是在九点钟，第二顿饭在十一点钟，两点吃午餐，四点喝茶。之后是六点的正式晚餐。到九点钟，喝第二次茶，直到晚上十一点，然后跳舞的人开始吃夜宵，这些可怜的舞蹈家总得吃点什么吧！然后，第二天，一切重新开始。我们是在海上，没有任何事可做！每天晚上，人们都跳舞，吃夜宵，然后调情……还有什么比这更妙的吗？

离开吉布提的第二天，按照习惯，大家开始准备不可或缺的沙龙喜剧，但从不演出，只是排练，哦！每天晚上都排练，风雨无阻，直至抵达科伦坡……其间，演员一直在换，这种变换值得一提。

邮轮上的沙龙喜剧非常有意思。你们知道，沙龙喜剧有一个传统，就是在某一刻，一位男士必须亲吻一位女士。在我前面提到的排练中，数数女士的角色换了多少扮演者，再数数男士的角色有多少人申请，很容易就令人浮想联翩……

我们继续行路，远东之路……前路不再遥远，还有六到七天，我们就要跨越黄色国家的门槛了！此时我们已经在穿越阿曼海。有两条路可走：一条是八度方向的，一条是九度方向的。你们有什么偏好吗？没有？那我们就随遇而安吧……现在我们在马尔代夫群岛了……继续随性前行……我们将在海上看到月光,曼妙的月光……由于旅行将持续一个多月,我们迟早能欣赏到一轮满月挂在海上的胜景,令人难忘的仙境……你们会想起缪塞那些美丽的诗句:

　　……巨鲟掀起它背上
　　大海蓝色的外套,静静地观看着
　　夜之星辰在它们辽阔的镜面上经过。

真的是这样的,真的!

想象一下,你们在无垠的、壮丽的大海上,一条银色大道径直通向月亮。巨大的、圆满的、白色的月亮悬挂在因它而黯然无光的群星之间……事实上,印度洋上的十天是我们在海上度过的最神圣的十天。

十天的最后一天,也就是从马赛出发算起的第十五天的早晨,在那通常显得粉红异常,也就是呈珊瑚红色的太阳初升之际,我们将看到一些绿得惊人的东西突然出现在我们的艏柱前。这就是锡兰。

几个月前,我跟我的朋友进行了一场辩论,他跟我一样,也是个旅行家。我让你们来评判一下这场争论。我的朋友对我说:

"锡兰已经是另一个世界了!"

我不这么认为。我觉得锡兰是我们的世界。因为锡兰实际上位于"大门"这边……"大门"这个词，指的是那扇将西方同远东分隔开来的神奇之门。锡兰实际上还是印度。我甚至要说：这里是最古典的印度，是洛蒂所说的大棕榈树之印度，是我们的小人书中那个有些特殊的印度，是普通人想象中的那个印度，是我们都曾梦见过的那个印度。这个印度，很久以来，我们一直在谈论它，它几乎就是亚历山大大帝攻占的那个印度！你们瞧，很久以来，这里几乎就是我们的家。印度人都是我们的亲人。他们的宗教——佛教同我们的基督教相差并不太远。印度人与欧洲人在外表上几乎没有明显的差别……僧伽罗人的皮肤的确都是棕色的，但他们的妻子有着最纯的五官……深浅不同的棕色，也只是黑与白的差别。在这里，我们看不到另外一种很特殊的色泽，即我们将在大门另一侧——亚洲的东面看到的那种黄色。不，在锡兰，我们还是在自己家中。在美感上，这里人的品味同我们很接近。我很不擅长卖弄学识……不过，我听那些通晓一切我所不懂的知识的学者们说，我们的艺术来源于古希腊艺术，而古希腊艺术则来源于印度艺术。所以，事实上，我们是这些人的后人，我们从他们那里而来。我们欧洲的语言，至少它们的两大分支——一支是拉丁语，另一支是撒克逊语——都来源于印度。在锡兰，我们还是在自己家中。

尽管如此，这个"自己的家"初看起来有些不同寻常！

肯定是我们所能够炫耀的最美的家，因为它毫无疑问是整个地球上最似仙境的花园。闻所未闻的树木，茂盛的植被，温柔而优雅的居民，美妙的风景，奇异的动物，一切仿佛都聚集到锡兰，并将它变成了一个人间天堂。此处我们还将重拾一下历史：锡兰也是一个很古老的国家。岛上有一个非常古老的城市，据说它建于二十五个世纪之前，又于建立三百多年后被毁。它的废墟尚存人间。是马拉巴尔人的大举入侵将这座城市夷为了平地。我不太了解马拉巴尔人大举入侵的情况，但不为人知的历史难道不是最令人兴奋的吗？我们不知道这些消失的人到底长什么样，无论如何，我们发现他们曾是很了不起的人。之后，在印度支那和中国，我们还会再次

锡兰岛——贝塔区原住民城市（法国邮船公司照片）

体会到这种感受。所以，虽说锡兰还是我们自己的家，但房子是古老的；当我们回到这里时，不免会有些吃惊……

*

中转城市是科伦坡。这是一个美丽的港口城市，我们的邮轮将安全停靠在这里。它还会遇上其他很多邮轮，因为科伦坡是世界的十字路口之一。两条道路在那里分岔，一条是往北的通往远东之路，另一条是往南的通往澳大利亚之路。来自世界各地的无数邮轮在那里相聚，装上煤，然后重新上路，开往茫茫远方……

我们将上岸。没多少消遣活动，因为只有一天或一天半的休息时间……所以没时间坐火车去岛的内部探险……最多可能到康提……首先还是来看看科伦坡吧。

这是个英国城市，很久以前它就是英国的了……尽管一百五十年前，德·叙弗朗大法官曾试图为我国占领它，而且几乎成功了。这是个英国城市，因此我没有必要向你们描述它：平房，游廊，绿色的草坪，网球场，高尔夫球场，很多运动，高挑的、有些瘦削的姑娘（气候使人瘦削，太艰苦了！）……那里的奢华让人觉得有些不自然，那里的生活也让人觉得有些狂热……天气太热了！……但是，城市边上，是森林……而森林已经不再是英国的了……刚经过最后的几栋房子，热带的自然风光突然恢复了它的全部生机。数不尽的柱子——都是树干——排成梅花形，支撑着一个由无穷无尽的叶片织成的穹顶……高耸、笔直、纤细的热带雨林将我们包围，让我们觉得在它怀抱中自己是那么渺小。大自然包容了我们，但是仅此而已，它可能不会允许我们在这里高枕无忧地生活。雨林里开辟出来的大路还给我们提供了长长的散步甬道。

我们当然要去我们中意的酒店，它在两里开外，名叫拉菲尼亚山旅馆，在那里，我们毫无疑问会吃到世界上最好的咖喱。以后再谈这个问题。放学的时候，我们可能会很吃惊地看到三三两两成群结队的印度小女孩，她们马上会围着我们的马车或汽车跑起来，即使我们的车跑得很快，她们也能跑着步紧紧跟在我们后面，向我们讨要几个零钱。她们看起来并不像乞丐，脸上有那么一种快乐、一种狡黠，使她们在我们眼中显得非常动人、非常热情、非常优雅。这些脸庞同在我们国家看到的相差也不大……不需要任何习惯和训练，第一眼，我们就会觉得她们很漂亮：眼睛很大，很黑，闪闪发光；端庄纯净的鹅蛋脸……是的，我们还在自己家中，我向你们发誓……

尽管如此，如果我们深入到岛的内部，还是会在锡兰发现其他长相的人，因为岛上多山，而且在一千米高的地方温度就变了。我们这些邮轮的普通乘客是没有机会看到其他长相的人的,但我还是想跟你们描述一下他们……如果你们同意的话,我将给你们念几页某个人的东西,他总是比我看得清楚,不管看到的是什么。这个人就是洛蒂。

我所走过的,从科伦坡到康提的路……

(在他的一本著作中,他这样说道……康提是僧伽罗国王们的旧都城。这是个山城,接近锡兰的中心,紧靠着一个壮美、神奇的湖。)

……这条路是一次漫长的准备,它能让人更好地领略此地的魅力。

得在天亮之前离开僧伽罗国王们的旧都城康提,然后先在长着高大棕榈树的地区旅行,在这里,赤道地带的壮丽景观一览无余。接着,下午的时候,风景就变了。椰子树宽大的叶子和槟榔树渐渐消失:我们进入了一个可能不那么炎热的区域了,这里的树林更像在我们国家气候下的树林。在一阵芳香的、绵绵不绝的热雨下,我们乘坐一辆每隔五里就得换马的小马车,行驶在泥泞的路上。我们听凭马儿拉着我们,它们一会儿飞奔,一会儿又顽固不肯前行,还尥蹶子。我们不得不急忙跳下地,因为一匹刚入行不久、还野性难驯的马企图破坏一切。两个印度人赶着这些不断更换、糟糕透顶的牲口,一个挽着缰绳,另一个时刻准备着在危难时分跳到马头上。当需要那些由瘤牛拖拉的缓慢前进的小车为我们让道时,或者当我们穿过深藏在椰子树丛中的村庄时,第三个人就会吹响喇叭。人们向我们许诺说八点能到,但下个不停的阵雨使我们到达的时间不断往后拖延。

夜幕快要降临时,村庄越来越少,森林越来越密。我们再也看不见人类开垦的小块土地。哦,在茂盛的树木下面,它们是那么渺小,那么微乎其微!我们的喇叭手再也不必为谁演奏了。

棕榈树完完全全消失了。从日头西斜开始,简直要以为这里是欧洲乡村某个四季如夏的偏僻角落了,当然,这里的乔木林更壮观一些,藤条缠绕得也更奇特一些。时不时会出现一棵乔木大小的仙人掌,或者一株花瓣乱蓬蓬的巨型红百合,提醒我们还身处异国他乡;再或者是一只飞过大路的奇异的蝴蝶,被一只鸟儿追赶,鸟儿鲜艳夺目,色彩不可名状。但是,幻觉——这里是我们的乡村、我们的树林的幻觉马上又侵袭了我们。

所以,从日头西斜开始,再也没有村庄,再也没有人类的踪迹。绿色的深林里,一片寂静。在这里,道路像是一条没有尽头的战壕;在这里,在雨水温和的抚摸之下,我们开始快速前进,很快很快。

在黑暗的包围圈中，昆虫声谱成的乐章渐渐从四面八方涌上来，打破了宁静。成千上万鞘翅目昆虫在森林那潮湿的土地上齐声合唱。自世界起源以来，每个夜晚都是这样的音乐……

当天全黑下来时，在被遮蔽得如此严实的天顶之下，我们那连续跑了几个小时后还在快速前进的马车变得非常神圣。两边是两排高大的树木，上面布满毛发状的藤蔓，直至根部。这些树木鳞次栉比，仿佛某个没有尽头的公园里那些太过高大、神秘的绿色篱笆。

有时，在黑暗中隐约能看到一些巨大的、黑乎乎的动物挡住我们的去路，都是没有攻击性的、愚蠢的水牛，得一边鞭打它们，一边大声吆喝着，将它们赶开。之后，

锡兰岛——康提之湖（法国邮船公司照片）

又是道路上单调的虚空,还有那因昆虫的欢乐而沙沙作响的寂静。

于是,我们想到了森林在夜间生活中,在它那无边的寂静中酝酿着的一切:那么多动物,或大或小,或者潜伏着,或者在偷偷行动;那么多双埋伏着的耳朵;那么多只扩张的瞳孔,窥伺着黑暗中最轻微的动作……

在我们面前无限延伸的神秘树木围成的空地也是笔直的,在两堵黑墙之间微微泛着灰色。而且我们知道,往前,往后,四面八方,绵延数里,盘桓交错、无法进入、令人害怕的树枝团簇那至高无上的压力正在向四处扩张。

当眼睛习惯黑暗时,我们看到的一切恍如梦境,有时能分辨出一些不知名的野兽的轮廓,这些脚步轻盈的夜游者刚从矮树丛中蹿出,转瞬便消失了。

接近十一点时,终于有微弱的光线出现了。路的两侧躺满了长长的石头,都是属于废墟的石头。树冠上方黑洞洞的天空中,显现出卒塔婆[①]巨大的身影。人们事先已经告诉过我,因此我知道这些根本不是丘陵,而是被湮灭之城的庙宇。

在那,我们找到了夜宿的地方,是一个印度旅店,在一个天堂般的小花园中央,经过那里时,我们的灯笼照亮

[①] 卒塔婆,古印度埋葬佛骨的半球形坟墓。——译注

了里面的花朵。①

……

此时此刻，是印度，是森林，是热带丛林了。

对我来说，太阳仿佛升起在一个由树枝和草木组成的世界上，一个恒久碧绿的海洋上，一片无尽的神秘和寂静上，这个世界在我脚下展开，直至最遥远的地平线那头。

在平原上某个如小岛一般凸起的丘陵高处，我看着缄默不语的、绿色的广袤大地渐渐变亮。这是乌云的纱幔笼罩下的印度，这是印度，是森林，是热带丛林。这是锡兰大岛中央充满祥和气息的偏僻之地，四面八方都受到相互交缠的树木的保护。就在这个地方，两千年来，神秘的阿努拉德普勒城在树叶织成的夜下渐渐销声匿迹。②

（这就是我刚才跟你们讲的那个都城，建于公元前3世纪，三百余年后毁于马拉巴尔人的入侵。下面是他所见的。）

它究竟在哪里？这座神秘之城……我们的目光四处游弋，就像从船的桅杆上放眼看大海那单调的圆圈。然而任

---

① Pierre Loti, *L'Inde (sans les Anglais)*, Paris, Calmann-Lévy, 1903, p. 14-17. ——译注

② Pierre Loti, *L'Inde (sans les Anglais)*, Paris, Calmann-Lévy, 1903, p. 11-12. ——译注

何地方都没有人类的踪迹显现。只有树木，树木，还是树木，它们的树冠壮观而齐整，一片连着一片；一阵树的波浪向前推进，消失在无边无垠的远方。那边是湖泊，鳄鱼是那里的主人，黄昏时分，还有成群结队的野象前来饮水。这是森林，是热带丛林，从那里开始传上来鸟儿的晨鸣。然而这座神秘之城，它的踪迹真的无处可寻了吗？……

然而，其中有一些相当古怪的绿色丘陵，像森林一样长满树木，它们的外形太过规则，状似金字塔或穹顶，这里一座，那里一座，独自耸立在一大片整齐划一的枝叶之上……这些是古老庙宇的高塔，是巨大的辛塔婆，建于公元前二世纪。森林没能摧毁它们，但用绿色的裹尸布将它们包裹了起来，并将它的土壤、它的根茎、它的荆棘、它的藤蔓和它的猴子们渐渐带到了其上。它们仍然气派尊贵，显示出这里曾是佛教信仰诞生之初人类进行宗教崇拜的地方。圣城就在这里，在我的脚下，在枝叶的穹顶的遮盖之下沉睡。

而我站在其上眺望远方的丘陵，本身就是一尊神圣的辛塔婆，数以千计的信徒们建造了它，来颂扬他们的先知——耶稣的兄弟和他的先行者[①]。守护底座的，是一群花岗岩雕刻的大象，是几尊在岁月腐蚀下失却形象的神祇。

[①] 应指佛祖释迦牟尼。——译注

从前，每个晚上，这里都有宗教音乐的喧哗和崇拜、祷告的狂热。①

锡兰——佛祖舍利塔（法国邮船公司照片）

（下面是从前的一个印度诗人所作的描述）：

"阿努拉德普勒的庙宇和宫殿数不胜数；它们的穹顶

---

① Pierre Loti, *L'Inde (sans les Anglais)*, Paris, Calmann-Lévy, 1903, p. 12-13. ——译注

和金色楼宇在阳光下闪耀着光芒。街上满是士兵和弓箭部队。大象、马匹、车辆和成千上万的人不断来来往往。还有来自各个国家的游吟诗人、舞者、乐师,他们的钹和乐器上都镶着金饰。"

如今,只剩一片寂静;是阴影,是绿色的夜。人类经过了,森林封闭了。在这些即将消失的废墟上,早晨来临了,如同从前它降临在最远古时代的原始丛林中时一样平静。①

下面,在红色土壤中,在蛇一般扭曲的可怕的树根之间,是瓦砾和废墟构成的混乱世界。上百个破碎的神像、花岗岩大象、祭坛、各种怪物躺在地上,证实了马拉巴尔入侵者对偶像进行的可怕的大屠杀,这场屠杀即将有两千年的历史了。

在不可摧毁的辛塔婆周围,今日的佛教徒们虔诚地将最值得尊敬的东西聚集在一起。他们把昔日神祇被砍下的头颅排列在受到摧毁的庙宇的台阶上;因为他们的照料,那些还竖立着的、剥蚀的、早已面目全非的古老祭坛每天早上都会被精致的鲜花覆盖,一些小小的灯笼还在这里燃烧着。在他们眼中,阿努拉德普勒仍然是个圣城,那些对自己的肉身大失所望的朝圣者们千里迢迢来到这里冥想,

---

① Pierre Loti, *L'Inde (sans les Anglais)*, Paris, Calmann-Lévy, 1903, p.13-14. ——译注

并在树木的祥和气氛中祈祷（如同两千年前一样）。

　　大神庙的尺寸和布局还体现在成堆的大理石、石板和柱廊上，后者从高塔出发，一直消失在树林中。为了达到极圣之地，人们得通过长得没有尽头的前厅。看护前厅的，是低等神和鬼怪，一个石头的民族，如今都倒在地上，化成了粉末。

　　除了这些远远地统治着密林的庙宇，还有上百个倒塌在四处的庙宇，以及无数宫殿的遗迹。森林隐藏着同样多的花岗岩柱和树干，这一切都在永恒的青枝绿叶的遮盖下交织在一起。

　　尤其给予这个森林以奇特忧思的是，在这里，能看到那么多门槛，华丽的白色大理石门槛，上面覆盖着精致的雕刻；还有那么多由笑脸相迎的神祇守护的石阶——但它们已不再将人带向任何去处。木头建造的楼宇在时光穿梭中没有留下其他痕迹，只剩它们的台阶和石板；这些宏伟的入口如今只通向树根，只通向草木和土地。[①]

　　这就是锡兰。几乎是个未开垦的森林！从前，一个伟大的文明曾在那里风起云涌。然而，今天，我们的文明只是啃噬了大圆岛的边缘。我们开通了道路，但我们最终保护了森

---

① Pierre Loti, *L'Inde (sans les Anglais)*, Paris, Calmann-Lévy, 1903, p.18-20.——译注

林。不要入内，遇到风险后果自负，因为这里是老虎和眼镜蛇的地盘。而且，中转结束时，我们的好奇心已经极大地得到了满足。我们看到了大象，看到了鳄鱼，看到了蛇，看到了獴；我们还看到了很多印度人和僧伽罗人，殷勤地向我们兜售几乎全是赝品的宝石，并在我们眼皮底下让一只獴和眼镜蛇打架，供我们取乐（我现在就提醒大家，最后是獴吃了眼镜蛇）。但即使如此，我们仍然尚未发现亚洲真正的神秘之处：巨大的黄色谜团。只有在明天，当我们从锡兰启航时，我们才会对此产生第一个疑问。

我们即将重新出发。邮轮只需再穿越孟加拉湾，已经不太远了，三天时间足矣。我们将经过安达曼群岛。一位英国小说家对此曾留下一段非常有趣的描写。他肯定没去过那里，因为他所描绘的生动画面同现实没有任何联系。除了有一个关押印度苦役犯的监狱之外，安达曼群岛本身没有任何吸引人之处。在这个问题上，我想为被流放到安达曼群岛的政治犯或其他人作出强烈呼吁。对印度民间宗教来说，飘洋过海已经是神眼中的一大罪过，因此，一个人，一个真正的信徒，如果被遣送到安达曼监狱，那等于是同时还接受了永远沦落地狱的惩罚，这非常不公平。你们怎么认为？我个人觉得欧洲的法官应该在这个问题上思考一下，己所不欲，勿施于人。不过还是不说了吧，这跟我们毫无关系：我所指控的法官不是法国人，让我们为法国感到庆幸。

第三天，从右舷看出去，我们能看到一条雾蒙蒙的海岸线，这次的海岸线相当高，相当凶险。我们知道那里有食人族，到苏门答腊了。

我一直很遗憾印度之路是经过马六甲海峡，而不是更往南的地方，这样我们就没有机会看到爪哇岛，也没有机会欣赏荷兰殖民地了，后者无疑是世界上最热情、最好玩的殖民地之一。但这不是寻常的路线。

从左舷看出去，就是渐渐显现的马六甲半岛了。我们将重新置身于雾气之中。美好的季节已然结束，但我们已经享受过了。我们已经穿越了印度洋（甚至可能还上演了著名的沙龙喜剧，谁知道呢？天气曾是那么的好！……）明天我们就要到新加坡了。今晚，邮轮在马来亚的雾中有些摇晃，我们都没有去甲板的欲望。所以，我们可能会去离我们平常活动的场所较远的地方打发一到两个小时：去酒吧。得穿过两三个通道才能到达酒吧。啊，啊，啊！船上有新动向！这是一股什么气味？哦！哦！是一股奇怪的气味，而且并不好闻！想象一下麝香、藿香、香火、燃烧的火药尤其是腐烂物的混合……在锡兰，我们捎上了几个前往新加坡的天朝上国人，不能再多了！对于我们欧洲的鼻子来说，这种气味不多不少恰好是一种折磨。我们的恐惧和不适会持续很长时间，很长：一个月，或两个月，或六个月……我们最终将完全适应，但需要一个漫长的过程……一旦在中国度过了六个月，我们就能进入最污秽的酒馆或者最低等的居民区，甚至是拥挤如蚁穴的处所。我们将对今天这股中国味完全淡然处之。但这需要一个适应期。而这一天，我们忽然之间觉得世界是真的转变了，那扇朝远东开放的著名的大门已经离我们不远了。

事实上，在到达新加坡之前，我们就已经要通过这扇门了。某个晚上，我们看到马六甲在我们左边，正如我们曾经看到苏门答腊在我们右边一样。群岛出现了，勾勒出海峡的形状。通衢大道在这里变窄，成为一条小径，那么狭小，以至于我们怀疑邮轮是否能从中通过。它还是开过去了。然后，突然之间，大海重新变得开阔起来，我们已经通过了大门。我们已经将亚洲最南端的马六甲半岛甩在后面，我们的艏柱将钻入南半球……但是舵轮将向左转，我们将北上。现在我们在亚洲的另一边了，这是不同的一边，是神秘的一边。然而，首先还是让我们在门槛上停留一会吧。

新加坡就在那里。哦！多大的区别啊，新加坡真不像锡兰！那边，是梦幻的、宗教的印度，这边，即使不是中国，也可以算是它的前厅，像它那样人口众多，拥挤不堪。新加坡首先令我们震惊的，是它的人群。在锡兰时，我们曾置身树丛中；在新加坡，我们位于人丛中。我们将去那些被昏暗的人群堵塞的街道转转。人群来来往往，再来再往，匆匆忙忙，躁动着，喊叫着。在两排一眼望不到头的、漆成蓝色的房子中央，我们在黄色的人群中开出一条路，正如我们在大海中开出一条路一般。我们将跨越不计其数的河道上那一座座紧挨着的桥，但我们却看不到一滴水，因为河里有那么多船只，它们那么忙碌，彼此之间挨得那么紧，以至于我们无法看到船只间隙的流水。每一条船都超负荷运载着大批女人、小孩、男人，人头攒动，人们在喧哗声中躁动不已。从这里开始真的是中国了。

新加坡是一个华人城市，因为这里大部分地区都居住着华人。另外，这也是个英国式城市。因此，我们还能看到网球场、高尔夫球场、宽阔的绿色草坪和世界上最美的花园。我们可以在那里散步，但不能

新加坡——拱廊
（法国邮船公司照片）

太匆忙，因为走到哪里，都已经能感觉到压迫在身上的远东的热浪，这种热已经不再是锡兰那种相对健康、相对流通的热，而是一种沉重的、潮湿的、阴郁的热，在这热气中流动着高烧和疟疾的疫气。新加坡被公认为是一个可怕的城市，而这一名声——相信我——并不过分……

邮轮将最后一次重弹它的老调。人们要重新加煤。我们仍旧得在陆地上吃晚餐，然后在夜里上船。灯火中的新加坡还是值得一看的。啊！到时我们将深切体会到一种奇异感，还将看到许多意想不到、稀奇古怪甚至令人不安的东西……因此这里真的已经不再是我们的地盘，我们很快就会意识到这一点。另外，这一次，周围没有任何伟大的历史遗址。苏门答腊、爪哇、马来亚都是新土地……我是说过去不为我们所知的土地……马六甲半岛也是如此。事实上，新加坡根本不算印度支那的一部分。那只是出于国际贸易需要，在迫不得已的情况下建立起来的一个重要城市，大约有三十万人口。然后成千上万的中国人来到这里，因为在东方各地，每每有一个大的工商企业突然之间需要大量劳工，需要付出大量精力和大量耐心，人们的目光总是会投向中国，而每次来的，也都是中国人。而且，在完美的英国纪律的管制下，这些中国人总是能令召唤他们的人万分满意，不必担心他们会令人失望，或者令人吃惊……

午夜，邮轮启航。清晨时分，新加坡已经消失了。我们将在中国海中漂流。这一次,风景在我们眼皮底下改变。

*

大家应该还记得,我们不得不在冬天出发,因为四十天的航程里有二十五天是好天气,这实在很可观。然而,从新加坡开始,我们的甜头已经尝尽,再也不能指望有好天气了。这次,我们是逆着北方的季风而上了。辽阔的海,凛冽的风。我们的邮轮将前后颠簸,左右摇摆。沙龙喜剧结束了,晚上的舞会结束了,对于很多乘客来说,甚至连晚宴也结束了。不过这个过程很短,三天半……因为,虽然我们很想去中国,

西贡——大教堂(法国邮船公司照片)

但我们是法国人,我们首先想到的是去印度支那放松一下,并在西贡停留较长一段时间。

离开新加坡后三天半,我们到达西贡。重新关好我们的行李柜,扣好我们的袋子、匣子、箱子,因为今天我们将离开邮轮。不过,在锚沉到海底之前,我想跟大家讲讲印度支那的土地即将带给我们的最初印象。因为这种印象尤其引人遐想,并充满法国气息……

我们已经见过塞德港,我们已经见过埃及和阿拉伯,我们已经见过锡兰,我们已经见过吉布提和新加坡……但我们还没见过我们即将见到的一切。

事实上,我们马上就要到达一个非常普通的低矮的海岸,上面种满了红树;再远一点,开始出现密密匝匝的树林。由于西贡不是建在海边,而是建在一条大河的右岸,因此我们将进入这条河,然后缓缓溯流而上。左右两边,是两片沼泽地;然后是一些红树,都很低矮;然后是几丛树;很快就是交趾支那的森林,绿得像个奇迹。河流蜿蜒曲折,邮轮转弯再转弯,绕过岬角,避过河滩。然后,突然之间,在很远的地方,某个意想不到的东西出现在森林上方:大教堂的两个尖顶……我们到法国了!我们在尚未到达西贡时所看到的,我们在离船只抛锚并停泊的栈桥码头还有三个小时的地方所发现的,是法式大教堂。我们的传教士,我们的治理者,我们从前的移民来到这里时,勇敢地建造了这所教堂,将它竖立在交趾支那的土地上，就像竖起一面旗子……而且这面"旗子"将经久不倒，它由砂岩和花岗岩建造，上面有个拉丁式的十字架，就像法国国土上竖起的其他石头"旗子"，它们的名字叫夏尔特尔大教堂、兰斯大教堂、斯特拉斯堡大教堂和巴黎圣母院①。

① 夏尔特尔大教堂、兰斯大教堂、斯特拉斯堡大教堂和巴黎圣母院都是法国著名的大教堂。——译注

第二章　在印度支那

我将你们从巴黎带到了西贡。在去中国之前，我们有必要在此地停靠一下，瞧一瞧这个法国式的印度支那，它可能是今天我们所有殖民地中最富有的一个。

我们在西贡了。我们的邮轮即将靠岸。让我们先去看看这个城市，这个远东地区最古老的法国城市，因为我们自1859年以来就进入这个城市了。

一条又深又宽的河流，一些栈桥码头，无数船只。我们的邮轮向码头靠拢。我们的脚刚刚触及梯子，就会有一些车辆前来等我们。就像巴黎的竞技场门口常常会有出租车在等客人一样……河的另一边，是森林，真正的森林：一片非常美丽的森林，有着三层重重叠叠的绿色！首先是竹林、芦苇丛、荆棘丛，其上是一片深绿色的植被，上面镶嵌着鲜花，然后，再往上，是槟榔树的巨大羽饰，随风飘扬……这边——右岸——则正好相反，是城市，是文明。然而，一眼望去，我们看到的几乎只是树，右岸与左岸一样，因为西贡实际上是一个绿树成荫的城市。这是个很大的城市，有十万或十五万人口。在这个安南人的大城市旁边，已经渗入了另一个大城市的触须，人口更多，而且是个华人城市，即堤岸市①。我们当然还在印度支那，住在这里的是安南人，或东京人②，或摩伊人③，或柬埔寨人，或老挝人，这些人同华人有很大区别。然而，同其他任何地区一样，哪里有庞大的工程要完成，有沉重而持续的劳动要提供，哪里就会有华人。

事实上，中国劳工工作得比其他任何劳工都好得多，而且多得多……下面我们还会再提到这个……

让我们先上岸吧。

先来看看安南人。西贡的安南人其实并不是真正的安南人。西贡说到底不过是顺化的一个殖民地。从前，它曾经是柬埔寨王国也就是高棉王国的一部分，而高棉王国最初是印度王国，纯粹的印度王国。真正的安南人从前毫无疑问是蒙古人，据说他们四千五百年前从中国而来。在那遥远的时代，真正意义上的中国版图仅限于陕西省、山西省和河南省。那时，它是真正的中央王国——中央帝国，南面受到一

---

① Cholon，曾是西贡附近的一个越南小城，现为胡志明市的一个街区，胡志明市绝大多数华人居住于此。——译注

② 指住在越南东京一带的居民，东京指越南北部红河三角洲地区，东京湾是北部湾的旧称。——译注

③ 摩伊人，生活在越南、老挝山区的一支人种。——译注

些部落的牵制,这些部落从前似乎是原始安南人的部落。总而言之,管他呢!安南人来到了印度支那;在柬埔寨王国渐渐衰弱的过程中,安南王国逐渐扩大;所有这些致使我们能在西贡看到很混杂的人种,一开始我们会把他们混同起来,气候渐渐使他们的外貌变得那么相似。一会儿我再来谈谈这些种族。

城市本身非常法国化。

法国殖民地可以分为三种:老殖民地、新殖民地以及——如果我可以这样说的话——介于新老之间的中期殖民地。老殖民地一直可以追溯到旧君主制时代,例如我们在印度的据点——旁迪切里或马埃,我们的留尼旺,我们的马提尼克,还有我们的瓜特罗普。所有这些地方展现的一般是极其破败、陈旧、古老、迷人……同时懒散的一面。我们的新殖民地和新保护国——例如摩洛哥——则正好与此相反,洋溢着活力和力量,是急切、狂热的土地上升起的文明。印度支那正好位于中间,它有着旺盛的精力和生机,但显得不那么狂热;而且,它也拥有古老的魅力,温和而镇定。

西贡有许多绿树成荫的美丽街道,形成树荫的主要是金凤花(金凤花是一种树木,叶子是最清浅的绿色,边缘呈明显锯齿状,托着令人惊叹的红花,后者拥有人们所能想象得到的所有色调)。西贡的小房子(这是一种很灵巧、很舒适、很凉爽的房子，板壁往往没有同天花板接合，以便最微小的风都能够在里面畅流无阻）多数都很矮，有着宽大的游廊。这一切意味着西贡代表的是古老的法国殖民城市，只是在这个古老的殖民城市里，到处穿行着汽车，流淌着电流。我想西贡只有五六千欧洲人。但所有这些欧洲人都是主人、长官，有仆人和随从，因此，除了一种真正的、稳固的繁荣，他们还创造了一种上流生活，至少可以同法国本土一个二三十万人口的城市生活相媲美。

*

在闲庭信步中，我们马上会发现西贡的奢侈、慷慨和优雅：马车、人力车、汽车，成群的散步者……尤其是晚上六点过后……别忘了我们正置身于有些可怕的气候中。西贡不是一个很热的城市，温度几乎从不会超过二十八度或二十九度；但也从不会下降到二十七度，整整一年都是如此：没有夏天，也没有冬天。不管是一月一日还是八月一日，不管是正午还是子夜，都是如此：二十八度或二十九度，非常固执。而没有什么比这更容易引起贫血的。沉闷、潮湿的热气笼罩着西贡，几乎跟在新加坡一样。而且还有太阳。从前，我曾谈论过非洲的太阳、阿特拉斯的太阳和撒哈拉的太阳，一种令人眩目的、光芒四射的、统治一切的太阳。但是，非洲的太阳，那连鹰也无法正视的太阳并不是恶毒的太阳，不杀害任何人，却让人厌烦，让人变得有些呆滞，仅此而已。而亚洲的太阳，印度支那的太阳，是一个神秘得多、隐蔽得多也可怕得多的太阳。大部分时候，它都躲藏在泛白的云朵后面，人们几乎看不到它；很多时候，它是不可见的。然而它杀人，在瞬间杀人。如果你们在大街上碰到某位女性朋友，千万不要像在巴黎甚至马拉喀什那样，玩向她脱帽行礼的游戏。你们可能会突然倒下，或者突然暴毙。这种事时有发生，我亲眼见过。亚洲的太阳，它的光线具有化学物质，能够在我们脑中进行某种不为人知的阴险可怕的分解活动。然后随之而来的是墓地……西贡的墓地太过广阔，太过拥挤，最初的殖民者带着一种无所畏惧的天真，称其为"我们的驯化园"。他们号称

西贡妇女（图片来源不详）

只有躺在那里时才能真正适应交趾支那的生活……

　　当然了，除了这五千在西贡的欧洲人之外，我们还将看到真正居住在城里的十万安南人。我们会欣赏到他们那梳得整整齐齐的头发、精心盘拢的发髻、圆润的棕色脸庞、瘦长的手，和某种无法言说的既狡黠又虚弱的敏感。女人都戴着金的或珊瑚石的首饰，衬着她们那细腻的黄褐色皮肤，显得格外美丽。男人既没有大胡子，也没有小胡子，除非是年事已高的老人。另外，这里人都非常温柔，极其平和，也相当懒散。我们继续在愉快的、别致的小街小巷里闲逛。不知不觉中，我们已经离开了西贡，进入了堤岸市这个中国式的城市。立刻，布景就变了！不一样的街道，不一样的房子，不

堤岸市——中国运河一角（法国邮船公司照片）

一样的风俗,不一样的人。我们此刻在中国了,在永恒的、亘古不变的中国了。没有了刚才那种棕色的、懒散的、欢喜的有时甚至是神情恍惚的人群,取而代之的是黄色的、粗暴的、躁动的大众,每时每刻都在跑动,喊叫起来没完没了,劳动时候那种拼命的劲头令人匪夷所思。

我马上给你们举个小小的例子,来证明这种劳动的力量,它是华人性格中的根本。在西贡,四分之三的职业都掌握在"中央帝国人"的手中。比如说,你们根本找不到一个安南的鞋匠或裁缝,因为所有鞋匠和裁缝都是华人。我曾经有过一个供应商,他一人身兼这两种职业。如同所有自重的西贡商人一样,他住在卡提拿街,名叫李够义①。此人当然是纯种的华人。我陆续在他那里定做了当地人穿的所有衣服,也就是说,白天穿的白布短上衣和裤子,晚上穿的白色凸纹布礼服,以及夜里穿的轻薄的细棉布睡衣。天气很热,一般来说,每天都需要换三次上衣和裤子。如果去舞会的话,跳八到十个小时的舞,得带上大约十五个浆过的领子……(因为在西贡,人们跳舞跳到很晚),只需在每次跳完狐步舞后到更衣室更换就可以了。我的裁缝只给我量过一次尺寸,却从来没有做坏过一件衣服。他只有一间小小的店铺,和唯一一个伙计一起住在里面。一天(这是我在中国度过的九百五十余天中的最

---

① 作者采用的大约是韦氏拼音,姓名原文为 Li-Koui,此处音译为"李够义"。——译注

后一天），我即将回法国。我是从日本的一个港口出发的。我的邮轮最后一次停靠西贡，它于早上十点到达西贡，并将在午夜过后重新启程。我上了岸，去了李够义那里，对他说：

"李够义，我今天坐邮轮离开，希望在这段时间里，你能给我做几件衣服，比如说十二套白布套装、十二件睡衣和十二双鞋子，皮的鞋底、白布的鞋面。所有这些都照我的尺寸做，明白了吧？"

"没问题，船长。"

（不要忘记那时已是早上十点了！）

"没问题！今晚一切都会准备好。"

"今晚。几点？"

"邮轮午夜过后启航是吗……那么，就午夜吧。船长可能要去戏院吧？（在印度支那，每个欧洲人都是"船长"，这是一种简单又谦恭的称呼方式。）从戏院出来时，一切都将准备就绪。"

"但你的店不是晚上九点以后就关门了吗？"

"只要有需要，今天它就一直开着。"

我忘了告诉你们，在当时，这些白布套装每套价格为十个法郎，而鞋子是每双二法郎二十五生丁，全部都做得无可挑剔。

正午刚过一点，在去吃午饭途中重新路过那条街时，我看到了一件很奇怪的事：店铺突然之间变大了！四十个工人在人行道上工作。原来李够义聘请了员工来加快工作进度。午夜时分,我从戏院出来又回到店铺时,发现它竟然还开着。李够义笑眯眯地抽着鸦片,带着一份圆满完成任务之人的从容。在他的吸烟室旁,一个用黑色塔夫绸裹起来的巨大包袱在等待着我。里面是我的二十四件衣服和十二双鞋子。

"都在这里了!"这个华人说。

这是个华人,所以我避免了打开包裹检验定制东西的举动!否则就是对他的最严重的侮辱。在生意上,华人的口头承诺远远胜过任何欧洲人的签字。他说:"都在这里了!"这就够了。我今晚就走了,再也没有办法来对付我的裁缝,因为我不可能从法国向他提出任何抗议!但是他凭他的尊严,凭他的"华人血统"诚实、得体地对待了我,正如孔夫子所教导的那样!

你们想象一下,这样的裁缝,能够在十四个小时里做出人们向他预订的三十六件衣服和鞋子的裁缝,这是一个不太容易对抗的竞争对手。安南人早就放弃对抗了。这就解释了为什么西贡旁边的堤岸市是一个人口稠密并且富裕得有些趾高气扬的城市:我想这里有十二万人口,而不是十万;而上百万的财产使他们能够令最奢侈的预算得到平衡。

我们将穿过整个堤岸市,然后去农村转一圈。

*

出了堤岸市，首先看到的是一样本质上属于亚洲的东西："坟墓的平原"。亚洲人对于死亡有一种我们所不具有的概念。在亚洲，一个死者将永久地拥有他最后的住所，任何一只活人的手都不会再触及它。这位死者，他不需要很大的空间，这是当然的。但是，亚洲的死者人数那么众多——因为亚洲很久以来就是亚洲了——，以至于这里的墓地无比辽阔。大家可以想象一下，在一片没有边际的平原上，遍地是小土坟，"一把把尘土，尘土之下沉睡着其他的尘土"，诸如此类，直

多高坊——安南坟墓（图片来源不详）

至地平线那头。因此，要穿过死人的领地，要穿过远东的墓地，路途真是无比遥远，非常遥远！

当我们走出这片奇怪的平原，这片尽管忧伤然而奇怪的平原之后，我们突然间又重新看到了真正的乡村——湄公河三角洲，也就是交趾支那三角洲的乡村。交趾支那的平原非常富饶，而且得到了很好的耕种。我们只能看到无边无际的水稻田织成的极其美丽的绿色草原，只能看到无边无际的槟榔林和竹林。道路通过一个特别怡人的地方，人们称之为"视察"，它之于西贡的意义，正如我们国家的林间小路，尤其是巴黎洋槐林之于我们的意义。也就是说，每天晚上，从五点到七点，会有四列汽车在那里，缓慢地沿着一条长约四公里的路线行驶。从这辆车到那辆车，人们互相微笑致意。西贡所有的小阳伞都聚集在那里了。

我们将亲自去"视察"的这支欧洲人队伍值得一看。我们得低头看，因为所有的头都谨慎地躲藏在软木帽下……是的，还包括女人的头！女士的帽子上装饰着一条白绸带，仅此而已。甚至在问好的时候，都没有人脱下帽子，因为天上有太阳，得小心了！然而也有例外，那就是在晚上六点过后，因为那时太阳应该已经沉到地平线下了。然后，突然之间，所有的头都除去了帽子。结束了，直至第二天早上都不会再有危险了！人们也可以趁机好好呼吸一下空气了。

难以忍受的热气在西贡创造了一种会令你们觉得很奇特

的殖民地生活。人们很早就起床了。网球活动常常在早上五点开始，因为八点钟的时候，所有人都必须已经回到家中了，此时热气开始蔓延：小心了！人们开始工作，从八点到十点，然后吃饭，之后是午休。在蚊帐下的午睡……或者失眠，然而还是很舒适……下午四点半、五点光景，起床！还是工作，短暂的工作；然后去"视察"散步；之后是晚上的梳妆打扮。小姐们，把你们的香肩露出来，越低越好！这是交趾支那的流行风尚……谁想歪了谁就可耻，因为那里很热很热！你们得吃饭，然后还要跳舞。西贡的夜充满魅力，喜气洋洋，一年四季都是如此。因为那边只有两个季节：旱季和雨季，但这两个季节——我再重复一遍——都一样沉重，使人患贫血症，令人疲惫。必须尽可能地用跳舞来说服自己：自己还活着，固执地活着……

不要以为我对西贡气候的描述适用于整个印度支那地区。一点都不，因为印度支那是个广袤的地区！从西贡坐邮轮到河内，我们得花上将近三天时间，也就是说相当于从波尔多到卡萨布兰卡，或者从巴黎到华沙！所以，正如华沙和卡萨布兰卡的气候并不相像一样，河内和西贡的气候也不相像。河内的夏天比西贡热得多……而冬天则冷得多。在河内，最低温度会跌至零下五度左右……而最高温度会升至四十五度左右。在西贡，则完全不同，人们不知道三十度以上的滋味，也不知道二十八度以下的滋味。这让我忍不住要卖弄一下。如果想要严肃地谈论印度支那的话，必须得埋头学习地理才行。

*

有一句古老的谚语（我想这是个安南谚语），将法属印度支那也就是我们的印度支那比作一根又粗又干的棍子，两头挂着两串香蕉。棍子是安南的海岸，多山，多岩石，土地贫瘠；棍子两头的香蕉串是两个三角洲：南部的湄公河三角洲和北部的红河三角洲……也就是说，交趾支那和越南东京，两者都蕴藏着匪夷所思的惊人财富。连我们的博斯都不及印度支那的这两个三角洲富饶。只不过这个安南谚语由来已久，今天需要说明的是，挂在棍子两头的香蕉事实上不是两串，而是四串：在交趾支那旁边，是柬埔寨；在东京旁边，是老挝。那里的土地仍旧是奇迹般肥沃的红土地。

刚才说到了柬埔寨和老挝，这促使我们去看一看生活在那边的人……因为我们不该认为印度支那只有一个种族！而且，"印度支那"一词本身也证明了这一点……这里包含了印度和支那，包含了西方和东方。事实上，老挝、柬埔寨的所有人口，东京北部的大部分人口都来自西方，来自印度。这里曾是古老的高棉王国，几个世纪前就已经灭亡，但后来又复兴了三到四次，复兴这个王国的可能是不同的种族，但他们都是雅利安族，变成了今日的柬埔寨人。安南人则来自中国。所以，大家仔细算算，这里是两个完全不同的人种……这里有两种完全不同的历史。

如果你们愿意的话，让我们先从柬埔寨和它现在的首都金边开始，因为我们是从西贡出发的，而柬埔寨就在西贡旁边。金边有着著名的遗址——吴哥窟，后者无疑是世界上最庞大的宗教建筑群，没有什么——即使是在印度甚至婆罗洲岛——能够与之相提并论……而且，无论是从规模看，还是

金边——皇宫（法国邮船公司照片）

从艺术的完美程度看，吴哥窟的高棉建筑在地球上都是无与伦比的……

这是一些宗教建筑，而且是婆罗门教的。婆罗门教大约于公元前2世纪传入印度支那。它在此地毫无阻碍地盛行了十二个世纪。之后，佛教兴起，取代了婆罗门教。这里所说的佛教是大乘佛教（很抱歉，我运用了一些古怪的术语）……大乘佛教，也就是非常纯粹的、原始的、没有经过变形的佛教。除了中国西藏和锡兰，至今没有任何地方还信奉这种佛教，因为印度现在信仰的是小乘佛教，迷信气息浓于宗教色彩，而且严重变质。高棉的建筑最初是贡献给婆罗门教的，这一点毋庸置疑。另外，柬埔寨还保留着这一业已消亡的宗教的一些模糊痕迹。在金边的宫廷，国王下面有一些达官显贵，专门负责仪式事宜，而仪式主要是宗教的、婆罗门教的。舞女们，那些我们大家在巴黎或马赛多少见识过的迷人的柬埔寨舞女们，不管有多年轻，都同她们的舞蹈一样，千真万确可以追溯到已经消亡十五或二十个世纪的婆罗门教。

从前还有一个从南方而来的民族，自称"占"，是穆斯林。但是，占族在14世纪前后已经完全被安南人消灭了。它成了一个回忆。而高棉王国则在其身后留下了这个著名的遗迹——吴哥窟遗址，后者如今成为一个非常了不起的事物，或者可以毫不夸张地说，一个神奇的事物……之后，它渐渐受到侵扰，一边是从中国南下的安南人，另一边是不知从何而来的暹罗人……以至于当我们法国人介入印度支那时，柬埔寨的土地已经所剩无几，只剩下最后几个受威胁的省份和一个国王……还是顺化皇帝的番王！……番王，这个词意味了一切……不是吗？这就是为什么我们的殖民统治在柬埔寨受到民众欢迎的原因，因为他们将我们视作了解放者。同样的"殖民统治"，或者说"干预"，或者……为什么不直言不讳呢？……同样的"保护"在安南就不那么受欢迎，因为安南民族是一个征服欲很强的民族，从其最具传奇性的源头开始，在整个历史过程中都在同强大的中国作战。在安南，我们的形象不多不少正好也是侵略者。事实上，三四千年以来，安南一直在抵抗着中国。历史上甚至还出现过一对安南姐妹，她们的故事几乎令我们想起我们的圣女贞德。两人都为自己的祖国作出了牺牲，并在试图拯救安南国时献出了生命。这个安南民族首先夺取了自己的领土，之后英勇地保卫它，摆脱了中国，征服了印度支那，获得了柬埔寨的三个省份，并在14世纪残暴地消灭了占族……总之，这个安南民族看起来似乎是个英勇非凡的民族……精力非凡，总之，是个伟大的民族……然而，当我们在他们自己的家园——也就是顺化或河内，看到处于自由状态下的安南民族时，我们将大吃一惊。首先我们将看到，这个如此古老、充满智慧的神秘民族，在构成它那著名历史的三十或四十个世纪之中，因为衰老而惊人地改变了性格甚至本能。

穿着戏服的宫廷女演员（图片来源不详）

第二章 在印度支那　057

*

但是，在到达东京之前，我想就高棉的建筑和安南的宝塔说几句话……因为我们对印度支那历史的所有了解几乎都是通过这些建筑和宝塔获得的。我可以详细地向你们介绍吴哥窟，相信大家也可以……但有什么意义呢？你们所有人都看过吴哥窟的图片、绘画或模型，不是吗？比如说在殖民文化展览中，或者在那些到处流传的不计其数的照片上。所以，你们都熟悉那非同寻常的外观，那被锥形穹顶笼罩的层层叠

吴哥窟——遗址细部（法国远东学院照片，吉美博物馆）

叠的巨大平台，一切都得到令人惊叹的雕刻、开凿、剪切、镂刻，极其精致！而细节也从来没有损害整体线条的宏伟。今天，森林已经淹没了这个昔日同巴黎一般巨大的都城，除了十来个庞大的庙宇，没有任何东西留存下来。这十来个庙宇没有僧人，也没有信徒，从此沉睡在强大、广袤的森林那无边的孤独之中……

让我们抛开吴哥窟和它那闻名遐尔的奇迹，来更仔细地看一看安南所蕴藏的其他更为神秘的宝塔，后者完全同印度

吴哥窟——交叉游廊构成的狭小空间（法国邮船公司照片）

教无关。我指的是那些在顺化等地发现的奇特建筑，它们使一种更为纯粹的亚洲传统获得了永恒……洛蒂参观了——我想是在1883年前后——著名的大理石山。这是他在那次令人惊诧和不安的旅行后留给我们的记述。那次旅行，他是在一个风度翩翩的华人陪同下完成的，此人全身着黄绿两色，名叫李罗。

地下宝塔 [①]

大理石山处处陡峭。

"李罗，大塔在哪里啊？"

李罗微笑着说：

"你会看到它的！"

我只看到原始的山脉、大理石的岔道，和凝固的绿色。

黄绿相间的李罗说得往上走，然后走到了我的前面。事实上，那里有一条在裸露的岩石中开凿出来的大理石阶梯。

长春花撒落在石阶上，形成了一道粉色的痕迹。

在半山腰，一座高大的塔出现了；之前，藤蔓和石头遮盖住了它。它位于一个寂静的院落深处，仿佛置身于一

[①] Pierre Loti, « Pagodes souterraines », in Revue des deux mondes, 3ᵉ période, tome 64, 1884, p. 421-426. ——译注

个阴暗的小山谷中。粉色的长春花也侵入了这个院落的石板中。塔全身都布满触角、爪子以及可怕的东西，形状模糊、令人战栗。——数个世纪已经在它身上流过。——它看起来像个坟墓，像是由精灵建造起来的魔境。

吴哥窟——顶层景观（图片来源不详）

我问黄绿相间的李罗：

"我们要来看的就是这座塔吗？"李罗微笑着说："不是，还要更高……"

我们经由大理石小径往更高处爬。——时不时能瞥见辽阔、凄凉的平原，在我们脚下往更深远的地方延伸。一个由干旱的沙土和绿色的牧场构成的王国，成群的水牛在牧场上吃草。——远远地,能看到西边那些一直绵延至顺化的安南山脉,在云中若隐若现……

一条柱廊出现在我们眼前。我们将穿过这条柱廊。它的建筑风格如梦如幻,有触角,有爪子,仿佛是"神秘"一词可触摸的外形。那么多个世纪在其上流逝,以至于它也变成了一座山,因为耸立在各处的灰色山峰都是同一种大理石质地,都有着同样的年龄。这是拒绝让人入内的古怪地区的大门……

"李罗,这总该是我们前来参观的宝塔的大门了吧?"

李罗微笑着说:

"是的,山本身就是那座塔。山被妖魔霸占了,山中邪了。得喝酒,多喝几杯桑树酒。"

他在一个黄种仆人带来的彩绘小杯子中又斟满了白酒。

过了这条柱廊之后,我们面前出现了两条路。一条通往下面,一条通往上面,两条路都消失在神秘拐弯处那灰色的岩石中……

黄绿相间的李罗似乎有些犹豫,然后选择了右边那条通往下面的路。

于是,我们进入了地下魔幻王国。

事实上,"山本身就是那座塔"。无数恐怖的偶像都居住在洞穴之中。山的腹部被施了魔法,魔力就沉睡在幽深处。所有佛教神灵的种种化身,以及其他更为古老的甚至连僧侣都说不出意义的化身。身材同人类相仿的神灵站立着,金光闪闪,巨目露出凶光;或者半蹲着昏昏欲睡,眼睛半闭,面带永恒的微笑。还有一些落单的,在某个阴暗的角落猛然出现,摄人心魄。其他的一些,成群结队,在洞穴绿色的黑暗中,围成圈坐在大理石华盖下。所有这些神像都戴着同样的红丝帽。一些将帽檐低压到眼睛之上来遮住自己,只露出笑容;必须将帽子抬起才能看到它们的面容。

它们的金饰以及它们服饰上的中国色彩保留着某种仍旧令人眩目的新鲜感;然而它们已经非常古老了,它们帽子上的丝线已经被虫子蚕食。它们都是保存程度好得令人咋舌的木乃伊。

然后,在地底下,很深的地底下,在下面的洞穴中,站立着其他神灵,已经失去了色彩,我们也无法说出它们的名字。它们有着长了石钟乳的胡子和硝石的面具。这些神灵同世界一样古老。当西方还是大熊和驯鹿时代原始而寒冷的森林时,它们已经生活在这里了。在它们周围,那些铭文已经不再是汉语了。它们是所有已知的时代之前由最原始的人所书写的;它们的浅浮雕似乎比黑暗的吴哥窟时代更早。大洪荒之前的神灵,被一群不可理解的东西围绕着。僧侣们一直很尊敬它们,因此这些洞穴内弥漫着香的味道。

…… ……

当我们从地底出来，重新回到上面的柱廊时，我对李罗说：

"你的大塔非常漂亮！"

李罗微笑着说：

"大塔？……你还没看到呢！"

这一次，他选了左边这条通往上面的路……

眼前另一道风格陌生的柱廊令我们止步。它一点也不似第一道，具有另一种奇特风格。这条柱廊很简单，但我们无法定义简单之中透出的某种我们不曾见识过的东西：仿佛是万物

岘港——大理石山（图片来源不详）

的本质和精华。我们感觉到这是另一个世界的大门，而这个世界是处于永恒的宁静之中的虚无——一些模糊的盘桓，一些交缠得仿佛某种奥义图案的形状，既没有开始也没有结束——没有痛苦也没有幸福的永恒，只剩毁灭，和绝对虚无之中的宁静……

夜晚来临。然后我们看到了一片奇怪的亮光，它不是白天的光线，而是一种绿色微光，绿得如同"绿色孟加拉"焰火的火光。

"宝塔！"李罗说。

岘港——大理石山。山洞入口（图片来源不详）

一道不规则的门，上面垂挂着钟乳石的流苏……这是山的心脏所在，一个又高又深的洞穴，洞壁是绿色的大理石。洼地淹没在一片类似海水的透明阴影中；从高处的一个豁口中——大猴子们通过这个豁口注视着我们——倾泻下一束耀眼的光线，其色彩无法言说，简直可以说是走进了一个被一束月光穿透的巨大祖母绿石中……而在其中的宝塔、神灵、鬼怪，在这地底的水汽之中，在这绿得出神入化的神秘的辉煌之中，都笼罩上了超现实的眩目色彩。

我们慢慢走下台阶，保卫阶梯的是四个可怕的神灵，坐在只有噩梦中才会出现的野兽的头上……

到大理石阶梯的最下面几级时，地底的阴冷开始袭来。说话时，我们激起的一些回响扭曲了我们的声音……

洞穴深处细沙地面上覆盖着蝙蝠的排泄物，散发出一股奇怪的麝香味。地面被猴子的脚印弄得满目疮痍，这些脚印状似人类的小手……

"得喝酒，多喝几杯桑树酒。"这中国酒最后令我们沉睡过去。李罗说拜访神灵时，这种中国酒必不可少，有助于我们同鬼神进行交流。

在经历白天的热气、帆船上的疲惫之后，现在平躺在地底沙子上的我们有一种沉入水底、栖身寒冷之中的感觉。一切开始变得昏暗，我们只看到一种绿色的、不确定的透明。对于蓝色和粉色的神灵，我们只剩下一些回忆,感觉它们那巨大的眼睛仿佛一直定睛注视着我们。之后,当我们的动静越来越小时,我们隐约感觉到,在我们身边,一些并不完全是人类的东西开始悄无声息地来来往往——静悄悄地下降,沿着绷紧的绳子滑动的身影——:大猴子来了!……

之后是睡眠,纯粹的、无梦的睡眠……①

大家小心了。这座塔不是佛教的!洛蒂在谈论释迦牟尼时弄错了。大理石山的塔,以及所有类似的姐妹塔都不源自印度,而是中国。这些凶恶的、令人困惑的、阴险的神灵都是精怪,可怕的精怪……因为安南人从不知道佛陀,也不知道梵天,支配他们的是另一种信仰,这一信仰从东方而来,而不是西方,是对精怪的崇拜,是祖先的宗教!每个安南的庙宇都神秘地由一匹马或一头象——木头的或石头的——守护着。我不知道这两尊守护者象征着什么。然而,每当你们看到印度支那庙宇门口的大象或马时,请你们提醒一下自己,在你们面前的,是这一无比古老的宗教,是这一惊人的亚洲化的宗教,除了此地,人们再也无法在别处找寻到它的踪迹。

---

① 对于皮埃尔·洛蒂的书,我们必须满怀敬意地、静静地阅读。但愿大家不要责怪克洛德·法莱尔在大声朗读过程中,有时不得不在大师的某一页或某一段停下来。没人比法莱尔本人更加受到这种冒犯行为的折磨。但是,无论谁引用他的话——诚心诚意,而且竭尽所能地——,几乎总是被迫压缩他的引言。——原注

在顺化停留并参观完大理石山之后，我们重新坐上了邮轮。东京三角洲就在我们前面了。我们现在要去河内了。途中必须经过海防。小姐们，耐心点，高兴点！再储备一点耐心和喜悦……因为我从没体验过比在海防登陆更为凄凉的事了。在至少两个小时中，我们将逆禁门河或南诗河而上，这是红河的两条支流。我们将看到，在我们周围，只有一望无

顺化——皇城（法国邮船公司照片）

垠的泥土和红树。然而，渐渐地，一旦经过了三角洲的这第一块土地，一旦越过了河流入海口的最前端，水稻田便开始

取代沼泽地，耕种水稻田的水牛也开始取代水蛇。那时，我们将看到辽阔的绿色草原，瘦小的肤色黝黑的农夫。农夫戴着锥帽，推着他们的犁，和在我们国家一样……不同的是，印度支那的农夫在深及肚子的水中耕种，因为水稻田有四分之三的时间都被淹没在水中。人们在旱季种水稻，在雨季"种"鱼——如果我可以这么说的话。

稻田里耕作的水牛（图片来源不详）

这里人口稠密，人们每时每刻都在工作，但工作得很从容。这些人就是我们前面所说的可怕的征服者，占族的终结者，中国侵略者难以制服的对手。然而，他们已经完全遗忘了自己骁勇善战的品质，温和到了不能再温和的程度。他们在一些小村庄中过着家长制的生活。在这些村子里，个人不值一提，家庭才是全部。印度支那现代作家中最好的一位——让·马盖先生在写作那本令人赞叹的书《从稻田到高山》时，刻意安排让书中所有人物在叙述过程中一个接一个地死去。情节与小说的连贯性只能依靠对儿子们、孙子们、曾孙们的叙述，依靠对家庭和村庄的叙述。这一切都非常有印度支那色彩，非常有安南色彩。

海防是一个迷人的城市，这里的生活很舒适，对此我可以作证，因为我在这里生活过很长一段时间，那是最令我怀念的岁月……怀念，因为年代的关系，或者坦率地说，因为年龄的关系。

至于河内，这是个美丽的都城，一个拥有十五万人口的大都市。整个城市都是白色和绿色的，绿树成荫，非常富足，非常优雅，非常性感。这里有一个美不胜收的花园。在花园中，大家过来看看，在这片小树林之后，有一个宽敞的笼子，笼子里面是值得我们前去观赏的老虎。这些老虎的个头比我们在欧洲看到的所有老虎都大很多。我们现在置身于老虎之王的国度了。人们都恭恭敬敬地称它为"山大王"，尤其是当感觉到它在近旁时。其实老虎真正的名字听起来像"高努"，但只有当它在远处时，人们才会这样称呼它。在近处，一种很讲究的谦恭占了上风，因为安南人都很谨慎……于是老虎就被称为"山大王"了……

自然地，这个国家充满了老虎的故事，每一则都骇人听闻，可怕无比。暂且不提人类在不知不觉情况下被老虎吞食的传说，或者大白天在大路上遇见老虎的故事，或者稍好一些——卡提拿街的故事，我想真实地向你们简单描述一下真正的印度支那老虎的雄风，既不美化，也不添油加醋。它比任何狮子都大得多，高得多，长得多，或者说宽得多；同时也强壮得多。尽管如此，它却很胆小，狮子有多勇猛，它就有多胆小。但这一点不重要，尽管胆小，它仍然是可怕的猛兽。有一次，在我逗留的村子附近，一只老虎杀死了一头水牛……（老虎像闪电一般扑到它的猎物身上，用强有力的爪子一拍，就干净利落地弄死了它……）这只杀死水牛的老虎——水牛可不是什么小动物，请相信我！——甩了一下下颚，将水牛扔到肩膀上，然后背负着重担，飞速跑了将近两英里。我们一路跟随着老虎的脚印，它的爪印深深地陷在泥土之中。直到两英里开外，也就是三千多米处，它才放开了猎物，随便将它扔在地上，开始吃起来……

　　某天，在一个四周围有高约四米的竹栅栏的碉堡里，另一只老虎纵身一跳越过栅栏，扑到卫兵身上，杀死他之后用牙叼起他，再次越过栅栏，嘴里叼着猎物逃跑了。这强大的野兽无疑是地球上所有肉食动物中最可怕的，但正如我刚才所说，它极其胆小，动辄逃跑。当地有句谚语说，看到老虎之人从来不会被吃掉。事实上，老虎无一例外都是从后面发起攻击的，而且，只有在夜晚，这是当然的。晚上六七点钟，它从洞穴出来。那时它非常危险,直至午夜。午夜过后,猎物已经被抓住,吃饱喝足的老虎昏昏欲睡,变得毫无攻击性,于是它返回洞中开始休息。

　　使挥之不去的老虎阴影真正成为人们心头忧患的,是安南那昏暗得难以置信的灌木丛,相比之下,伦敦的浓雾还更光亮一些。在印度支那的草原中,人们无法看到两步开外的东西。草长得太高了。我曾碰到过这样的事,在河头煤矿附近,当时是大白天,我一边走一边试图用我的手杖拨开草丛,突然,我打到了某个东西,它猛地从矮树丛中蹿出来,一跃三米高。它那么快落地,以至于我停了下来,思忖那是不是一只老虎,被我用一记棍子打得跳了起来。幸运的是,那是一头鹿。否则,我可能已经不在这里了。那种感觉,觉得自己什么都看不到,觉得自己是漂浮在绿色的、昏暗的雾气中,然而却被数千可怕的对手——从老虎、水牛到凯门鳄或毒蛇——看得一清二楚,或者说嗅到踪迹,那种感觉会使你的神经经受某种考验,尤其是你知道主要的食人兽——"山大王"几乎总是在那里,而且常常就在近旁。在三角洲这个非常平坦的地区,这个水稻田之乡,这个农作物之乡,人们经常能看到它的身影;而在高处,在多山、多荆棘尤其多森林的地区,它们出现得就更频繁了。

　　刚才我们谈论了西贡的气候,如此闷热、令人疲乏、使人贫血,而东京的气候则刚好相反,是一种健康的气候。我在参加儿童舞会时就体会到了这一点。参加舞会的儿童或出生在殖民地,或自小就被人从法国带到了这里。西贡的儿童舞会相当可悲,人们看到的是苍白的小脸和软绵绵的四肢,显得无精打采,这在儿童身上很不自然。相反,在河内,我看到的是很漂亮的小孩,结实又健康,跳起舞来兴高采烈,而且很好动。东京的冬天是个美妙的季节,让人洗去夏日的疲惫。至于臭名昭著的疟疾、令人闻风丧胆的黄热病,只要采取合理的饮食习惯,尤其是夜里使用蚊帐,就能很容易地避免。但这一切都是对三角洲而言的。如果我们离开三角洲,前往高山地区,就不是随心所欲避免黄热病的问题了……能够凭借意愿避免的,只是沼泽地区的黄热病。在矮树林下,

河内——夏瓦谢广场(图片来源不详)

在幽深的乔木林中，另一种疾病窥伺着我们，它更为严重，非常严重，而且人们对其所知甚少，那就是"森林黄热病"，它最终总是会令人疯狂。

那里有辽阔的土地，几乎没有被开发，时常是根本没有被开发；那里有无边无际的处女林，林中叶子在又密又烫的雨水中不间断地落下，在地上转变成腐殖土，后者持续不断地腐烂和发酵，从其中慢慢升腾起一股可怕的疫气。真的，当我想到我们的飞行纵队不得不在这个国家年复一年地战斗，以根除海盗的劫掠——这种劫掠对当地人的损害大于对我们自己的损害——，我立即对第一批殖民者肃然起敬，从1883年起，他们就开始了全面的平定行动，这一行动的完成至今已有二十多年了。

这促使我来讲一讲越南海盗。

昔日强大的征服者——安南人现在变得如此温和、如此腼腆，以至于他们极度容易被压榨。一直以来都是这样。然而，一旦这些骚扰了国家几个世纪之久的海盗以民族主义和爱国主义为借口，一旦他们选择了战斗的呼声作为自己的口号——"将法国人扔到海上"（正如从前基督教以"将土耳其人赶出欧洲"为口号一样），他们的人数就成倍增加起来。善良的安南军队也加入了他们的队伍。可恶！法国人成了侵略者……曾经出现过动荡、痛苦的时刻。就像那些受惊的村庄，村民们时而缴税给法国，时而缴税给强盗们，村庄频繁地被烧毁。女人被抓去做奴隶，牛羊被充公，男人被虐待。我们花了很长时间在各处重建和平，说服所有人相信法国不是暴徒而是保护者，在法国的帮助下，安南王国将继续成为一个自由的国家。然而，我们的殖民地步兵纵队、外籍军团和安南炮兵纵队必须在一个形势极其艰难的国家中创造出真正的、有价值的奇迹。尤其因为整个国家通过一条漫长的边境线同中国接壤，同人口数不胜数、有数千年历史的中国接壤。法国士兵当然不会进入中国这个中立的友好国。在每条通往中国的路上都有一道大门，长着触角和爪子，仿佛庙宇的大门，由满脸通红、衣衫褴褛的士兵看守着，这就是中国的大门。

河内——龙象塔寺（法国邮船公司照片）

我们的纵队当然不会越过这些门。但强盗们可没有这么多顾虑，他们会毫不犹豫地越过大门。每次当被我们的人追得太紧时，他们就跑到那边，之后再回来。容我冒昧地说，他们每次回来都会理直气壮地带一些中国正规军过来，后者很容易就被引入歧途。在同我们的军队对战的"黑旗军"中，敏捷地穿梭着"黄旗军"，也就是中国士兵①。要坚持到最后非常艰难。这让我想起在当地听说的一个小故事。

那是在加利埃尼将军继续自己了不起的事业，在印度支那任总指挥带领法国军队的时期。在边界的另一边，面对他的，是这个地区的统治者，著名的冯子材将军，一个滑稽的中国老者。我很荣幸曾经与他为友。他曾在谅山一役中打败了我们的尼格里将军。因而此次并非同法国的第一次交锋。在那个时代，生活在边境小村庄里真的非常艰难。每时每刻都有叛军和中国正规军在村子里出现，进行破坏活动。我们的部队到得太晚了，肇事者已经不见踪影，他们早已越过了边界线。加利埃尼将军向冯将军抱怨，后者带着一种完全中国式的礼貌回答他说：

"我很绝望，但我真的无能为力。我的部下太过分了，毫

---

① 黑旗军是19世纪末中国将领刘永福领导的一支地方武装，因以七星黑旗为战旗而得名，在抗击法国侵略越南的战争（中法战争）中多次取胜。黄旗军是由黄崇英率领的一支广西反清农民武装，反清武装起义失败后退入越南，占据河阳地区（今越南河江市），曾勾结法国侵略者与黑旗军为敌。此处作者可能混淆了两支军队。——译注

无军纪！如何统领这些人啊？不过，要是您能当场逮住我的几个部下，恳请您千万别犹豫，杀！格杀勿论！"

说得容易。当场根本逮不住什么人。加利埃尼将军想了想。然后，他从边境的岗哨上撤回了殖民地步兵，以外籍军团成员取而代之。这些士兵更为粗野，可以说是粗野得多。之后，将军忘了将每月的军饷发给这个兵团。当士兵抱怨时，他向他们解释了当时的形势：

"我不能将那么多的钱发到边境地区。但是，你们只需在当地自给自足……我是说，在敌国……是的，在边境线的另一边。"

事情很快奏效！几天之后，三四个中国村民遭遇了一起事故，对此我不愿在此展开……冯将军向加利埃尼将军提出了强烈的抗议：

"这是您的部下，那么有纪律的士兵做出的事吗？"

"不是！"加利埃尼将军抗议道，"因为一些特殊的原因，我不得不改变我的军队的布局。这些士兵都是外籍士兵……不幸的是，他们没有任何纪律可言。如何统领这些人啊？如果您逮住了他们，恳请您千万别犹豫！杀！格杀勿论！"

双方经过友好协商很好地处理了这件事，边境上的小事故突然之间就消失了。

这场风波给冯子材将军留下了很中国式的回忆，如果我可以这么说的话，因为他很高兴能看到一个跟他旗鼓相当的西方人。很久以后,因为我搭乘了从上海运送冯将军到广州的法国巡洋舰"帕斯卡"号,于是某天我跟他聊了会天。他问我认不认识他的老朋友加利埃尼将军。得到我的肯定回答之后,他嘱托我向将军表达他的深情厚意。"很杰出的人物,"他向我断言,"有资格做个中国人……"

……因为中国就在那里,在我们门口了……这一多山的边境地区有时会呈现出并不完全自然的面貌……并不完全属于这个时代……瞧,在几乎就要接触到大海的地方有一个奇特的地区,毫无疑问是我所见过的地区中最为奇特的,那就是拜子龙湾……这个词在汉语中意味着"龙爪"。有时人们会用简称,用部分来代替全部,人们会说:"下龙湾……"因为

下龙湾——蜡烛岩(图片来源不详)

下龙湾是拜子龙湾的一部分，那里有一片很适合船只抛锚的地方。我很了解拜子龙湾，因为我一生中将近有十七个月的时间是在那里度过的！想象一下灰色的、低垂的天空，和永恒的毛毛细雨。海是绿色的，总是很平静，并且深度统一：到处都是六米。在海天之间，耸立着一千八百座小岛……之所以说"耸立"，是因为这些岛屿完全是史前巨石阵的样子，它们是高耸入云、令人惊诧的石头，高度往往大于宽度，而且水面以上的高度可以达到一百多米。海上布满了这些片状的、黑色的巨大尖峰，非常陡峭，根本无法在其上驻足。人们能够瞥见峰顶的一抹绿色、一些藤蔓，几只猴子在上面跑动，几头岩羊朝我们翘起胡子。两到三个稍大一点的岛上

下龙湾——姑娘洞（法国邮船公司照片）

有牧场，其中一个的直径甚至有七到八公里长，那是吉婆岛……上面有很多老虎，夜里能够听到它们发出狗吠一般的叫声……在某些地方，某个小岛的板岩壁在与水面齐平的地方会有一个小洞，可以坐小船进去。有时你们会发现自己置身于一个蜿蜒几公里的神秘隧道中；其他时候，刚进洞就会看到一个巨大的圆谷，因为小岛是中空的，仿佛一个火山口，而你们的小船进入的，就是这个充满了水的火山口。里面的石壁也非常陡峭，尝试去攀爬它不会有什么结果。这一切几乎构成了一个尼禄式的大型水上游戏竞技场。

记得某个圣诞夜，我进入了其中一个圆谷，看到了五六十条当地舢板船，在那里欢庆节日，有歌声，有各种弦乐器，还有大量的酒精。身上赤裸了四分之三的美丽女孩在一片欢乐的气氛中跳舞……月光之下，这是人所能想象的最奇妙的景象……

有时，圆谷会被一个不透光的拱顶笼罩，于是便形成了一个山洞，一个大洪荒之前的巨大山洞，跟这个山洞相比，所有蒙特斯庞[①]的山洞都成了现代的了……人们用火把勉强照亮着山洞……每个角落都垂挂着石钟乳……世上没有比这更超自然的事物了……

从来没有风吹过拜子龙湾，因为岛屿太多了。这里的大

[①] 蒙特斯庞（Montespan），法国西南部上加龙省小镇，以史前岩洞遗址闻名。——译注

海永远是平静的、青绿色的、静止的。在这个神奇十足的地方,生活着一种更为神奇的生物,唯一一种用"神奇"来形容会显得太微不足道甚至可笑的生物,那就是海蛇……因为它就在那里,"真的在那里"。诚然,在法国,没什么比嘲笑海蛇更理直气壮的事了,但在拜子龙湾,没有人嘲笑海蛇!不仅因为海蛇是一种危险的动物,而且因为它极其异乎寻常,而且肯定极其古老!想象一下,第三纪或者第二纪大蜥蜴类中仅存下来的动物,而且还固执地存活着!这种闻所未闻的生物,人们有时能亲眼看到它。很多当地人都认识它,很多欧洲人都曾看到过它。对于我,如果要说见过,也就是亲眼见过的话,那么我从未见过它。然而,我记得很清楚,当我还是个小小的海军军官学校二年级学生时,某天,我受托将一封急件送至电报处,这封急件是中国分舰队总指挥、海军准将贝勒丰·德·拉贝多里埃尔写给当时的总督保尔·杜梅①先生的,提醒他炮艇"雪崩"号刚刚又一次在神仙岛附近看到了海蛇。这是真实的事。在笔录下方还有很多签名。这种动物真的存在,这一怪诞的动物,它长达三十、四十或六十米,明明是蛇,身材却可与鲸鱼相提并论。

拜子龙湾这个地方,当你在此生活过几个月后,你真

---

① 保尔·杜梅先生参加了克洛德·法莱尔的会议。在这次会议上,克洛德·法莱尔重新提起这一发生在1898年的陈年旧事。保尔·杜梅先生还记得这件事,他用手势肯定了报告人的话!他没有忘记。——原注

的会有一种感觉，觉得自己突然之间离开了我们这个时代，回到了人类在地球上出现之前二万五千年甚至五万年的时代……

过了此地，那边还是中国，奇怪的岛屿，未知的风俗。在这个我试图带你们前去的中国，你们直接就会觉得仿佛离开了地面，转换了星球……

在还没有展示我们法国人干的一番出色事业之前，我还不想结束这一章。

别把我当作一个沙文主义者。有时人们反而会指责我不够沙文主义……我是一个太老朽的官员，我见过太多的战争，所以无法对其产生好感；有时，我在殖民地参与过太多令人遗憾的事，所以几乎总是站在当地人的立场上来反对殖民者。说明这些之后，我可以说我们在印度支那的殖民地曾经经历辉煌。我指的不是那些试图获得殖民地的殖民者的可嘉勇气，也不是他们对死亡的无畏的蔑视——将墓地称为"驯化园"的就是他们。对于他们那蔑视一切的英勇行为，我们已经说得够多的了。然而勇气只是小菜一碟，不值得我们去钦佩。如果我们的第一批殖民者只表现出了勇气，如果在滥用勇气的情况下，他们仍然只是干了一番糟糕的或者说不起眼的事业，那么这种英勇根本不值一提。但他们干得出色得多！让我们看看他们的成果究竟是否糟糕，或者说不起眼！……尤其是今天，当眼下艰难的局势迫使我们进入鲁尔河，当全世界常常喜欢给我们扣上帝国主义的帽子时,我们注意到一件很有意思的事,那就是在法属印度支那这个约有二千万人口——包括柬埔寨人、老挝人、安南人和其他人——的地区,欧洲殖民者只有一万五千人,其中包括四千士兵,不可能更多,然而我们仍旧在此建立了和平、秩序和公正。

不久前,一位伟大的英国人,同时也是法国的友人——北岩勋爵在周游世界时路过印度支那。适逢威尔斯王子在印度旅行。在金边举行的欢迎北岩勋爵的盛大活动上,如果我没记错的话,有十万印度支那当地居民从附近的村庄赶来参加欢庆活动。北岩勋爵同他身边的朗格总督一起,看到自己被庞大的人群包围。这些人都很好奇,很热情,而且都很文明。尽管如此,尊贵的北岩勋爵忍不住用目光搜寻起维持秩序的队伍来。但是,他没有看到队伍,莫里斯·朗格先生只是向他指出了四到五个宪兵,负责让人群注意由绳子围成的简易禁行栏,这些绳子分开了尊贵的宾客和人群。

"你们不担心发生意外吗?"英国人问法国人。

"哦,不担心,"总督回答说,"如果我担心会有意外,或者会有什么微小的差池,您知道,我是不会把老爷您带到这里来的。这群人全是朋友,因为在大战期间,是这群印度支那人给我们送来了我们需要的所有士兵……而且是心甘情愿送来的!……因为我们的宪兵根本不可能强迫他们那么做,老爷您也看到了,我们人数很少!……"

同一个时期，在贝拿勒斯的威尔斯王子不得不在自己身边安排三万英国军人，尽管如此，印度总督仍然不能百分之百保证不发生意外事件……

这件事很明显地证实，这两个殖民地中至少有一个是建立在公正、公平的基础之上的，换句话说，是建立在当地人利益与殖民者利益互相结合的基础之上的。我们曾有过几个伟大的总督，尤其是今天①成为殖民部长的那个人，他的名字是阿尔贝·萨罗！他坚决地引入一个理念，即土著居民必须是殖民活动的第一个受益者。某天我祝贺萨罗先生取得如此好的成果时，他跟我说：

"我没有发明任何东西。我只是重拾了一个很古老的法国传统，这个传统可以追溯到路易十四时期，甚至更早……因为是这些人，这些老国王们建立了法国，并且想把它建成现在的样子，也就是说公平、公正、客观的法国。我重拾了传统，仅此而已！"

重拾传统，这已经非常好、非常高贵、非常有益了。

印度支那蕴藏着巨大的财富。我们以奇迹般的速度发展了它。目前印度支那的四大财富是：大米、橡胶、棉花和煤炭。

---

① 1924年。1924年初，阿尔贝特·萨罗先生因为太爱国而受到由里昂议员埃里奥先生领导的激进党的反对。在此之后，他成为普恩加莱先生的牺牲品，并被法布里先生取代。——原注

印度支那生产的大米比阿尔及利亚、突尼斯和摩洛哥联合起来所生产粮食的十倍还要多。

橡胶在那边是一种全新的事物。在1910年，我想总共有十六公顷的土地上种着橡胶；在1920年，这十六公顷已经变成了四千公顷。

棉花呢？人们意识到，在红土地上，尤其是在柬埔寨的土地上，不能连续三年种植水稻，因为从第二次收割起，土地就已经干涸了。聪明的人想到利用农闲地来种植棉花。于是立刻就收到了极好的效果。

最后是煤炭。1900年我在印度支那。人们已经开发了东京的河头煤矿。但煤矿的矿脉接近地表，所以开采出来的煤中混杂着石头，质量很一般。这是一种贫煤，燃烧时间很短，因此是一种糟糕的煤炭，只能将它同松脂混合，用来制造煤砖，而松脂的价格显然不菲。这是它巨大的不足之处。很多人断言，印度支那的煤永远不可能同英国的卡蒂夫煤竞争。然而这一局面奇怪地得到了改变。矿脉确实接近地表，但它却很深。第一层煤被采光后，人们终于看到了优质的煤。而矿脉似乎取之不尽、用之不竭，从长远看，我们在东京三角洲拥有的，是整个布里埃盆地，是整条鲁尔河。或许其他未开发的印度支那地区还有矿脉。

就这样，我们给整个印度支那地区带来了财富，同财富一起的，还有和平。我们还带来了必不可少的安全和工作的权利，这些从前都是伟大的安南皇帝们——最后一位是嗣德皇帝——给予他们国家的慷慨馈赠。之后，在他们那些碌碌无为的儿子们的统治下，一种可怕的无政府主义接踵而来。在印度支那，正如在摩洛哥，我们带来了法国式的和平，尽管没有在摩洛哥那么迅速、那么辉煌，但最终的成功是相同的。今天，我们不仅在那里有盈利的工农业经营，还有一个王国——不是附属国，而是法国的朋友！在最血腥的局势下，它向我们表达了最忠诚的友谊……然而，这个王国不是一个好战的王国。它在和平环境下为我们做的，肯定要比在战争中多得多，对此我已经谈得很多了……

第三章 在中国

离开巴黎,离开马赛已经一个月多了。我们早就计划去中国。今天我们终于到达中国了。片刻之后,我们的邮轮就会驶入一片非常美丽、非常奇特、风光无限秀丽的锚地,那就是香港锚地。在我们艏柱前的地平线上突起的海岸就是中国海岸了,总之,我们到地球的另一边了!优美的丘陵又高又陡,几乎没有什么植被;巨大的岩石;以及我们周围那些奇形怪状的船只——亚洲帆船,它们的方形的帆由竹纤维织成,升得非常高。它们首先映入了我们的眼帘。我们慢慢靠近目的地。体积更小、体形相似的船只——舢板出现了。所有这些船开始拥堵在我们周围。小船上有很多女人,在这一带,水手的职业是一种非常女性化的职业。她们自然都是黄皮肤的女人,头发乌黑光滑,上面总是插满绿色的首饰(真玉或假玉)。之后,两条河流越来越接近……我们进入了一处很狭窄的类似海峡的地方,交通变得更加拥挤,因为多了各式各样、数量众多的大船,都是欧洲的船只,一些是帆船,另一些则是蒸汽轮。我们处于世界上最繁忙的锚地之一了。我想,至少作为中转码头来说,香港可以夸口自己的吨位在伦敦港或利物浦港甚至汉堡港之上……

我们将在那里稳稳地抛锚。巨大的渡轮将前来迎接我们,并从容地把我们送到岸上。

香港——锚地(法国邮船公司照片)

不过还是得注意:香港还不完全是中国,我们现在是在一个岛上,一个英国的岛,一个甚至是属于英国王室财产的岛。但是,香港那么接近十八省,因此我们不可能不在这里看到很多中国的东西,以及很多中国人。这是巨大飞跃之前的第一个落脚点，也是必不可少的，之后，我们将冒着风险跃入未知之中，跃入广阔的未知地带——中国。

人们有时会指责我不够喜欢英国，其实他们完全弄错了，因为我喜欢英国人，欣赏英国人，而且我很高兴今天能拥有这个好机会，向他们致以最公正的敬意。一百年前，香港还是一块寸草不生的岩石，贫瘠而荒芜。今天，香港是一片森林，里面分布着令人赞叹的道路，并为成为一个人口将近三十万的城市而自豪。这个城市有宫殿，有花园，有露台，有教堂，有酒店，甚至还有缆车，后者一直通向山顶最高处，直至一座极为出色的疗养院附近。香港的创建是人类在地球上实现的最美丽的创造之一。

*

让我们在香港散散步吧。岩石那么陡峭，导致城市不得不沿着大海，在四到五里左右的土地上扩展。严格来说，那里只有一条大街——皇后大道。皇后大道无疑是我们这些欧洲人见过的最有意思的街道。房子一般为蓝色（就像在新加坡），都很高，边上有拱廊和商店，招牌都是竖直的，呈黑、红、金三色，以中国的方式悬挂着。皇后大道当然不是笔直的，它转弯，折回，盘旋，一步步紧紧跟随着河岸心血来潮的变化，无止尽地向前延伸。我们可以坐着飞速前进的黄包车在皇后大道上逛两个小时,其间既看不到街尾,也看到街头……中国的黄包车拉得飞快……比起日本的黄包车来当然要慢一些,但肯定比巴黎的出租车快。右边是大海;左边是一些地势逐渐升高的小巷;到处都充斥着黄色的人群,吵吵嚷嚷,行动快速,然而相当守纪律,而且非常有秩序。英国人将自己国家的治理办法搬到了那里。这一治理办法有时显得有些粗暴,但它使一种可贵的纪律得到维持。一般来说,维护治安的是那些牛高马大的印度人、锡克人……记得某天,我在香港某街上同一个拉我的黄包车夫起了一点争执。总而言之,引起这件事的根本原因,是因为我不懂中文,而这个苦力不懂法语,我们无法就我必须支付而他必须接受的价钱达成完全一致的意见。为了搞清楚状况,我叫来了一个警察。警察举起棍子,揍了这个苦力一顿,并向我宣布钱已经付了。

这群到处跑动、互相拥挤、大声嚷嚷的中国人是世界上最容易受纪律约束的人群。一旦他们感觉到某种强大的权威的压迫,他们会立即遵守所有美德。一旦这种权威消失了,美德也会随之消失……然而这一真相要在稍远一点的地方,或者说很远的地方才会出现……比如说在中国,在真正的中国……一旦我们去了那里……至于眼下,就权当我们是在英国吧,尽管从香港开始,中国的气味已经很浓烈,以至于从那时起,我第一次养成了手上总是带一块散发出浓重香味的手帕的习惯。这一习惯我一直保持了五六个月,从香港到北京,从天津到广州。每天离开酒店前,我都会把手帕在香味浓烈的古龙水中浸湿,然后在整个散步过程中都用它紧紧捂着嘴巴和鼻子。

但是,香港也是个欧洲式城市,甚至是个奢华的城市。为了城里的欧洲人,人们专门在某个秀丽的山谷中铺了一片漂亮的赛马场,在半山腰建了世界上最美丽的散步场,并修了令人赞叹的、绿树成荫的道路,通过直接开凿在悬崖上的华丽的陶土阶梯能够进入这些道路。这一切都显得相当奇特,可以毫不夸张地说,是美中之美……总之,香港是个好地方,我们可以在此止步,多停留一段时间,稍事休息,集中精神,适应环境,然后再去面对你们在山顶看到的庞大的中国……因为香港岛离内地很近,而这个内地就是中国,真正的中国。

*

离开香港后,我们可以直接去广州。广州不是很远,依北江而建。两艘江河邮轮将花八个小时把我们带到那里。美国式的巨大邮轮,上下两层,非常舒适。我们当然不会马上就参观广州……广州已经是中国了,因此对我们的震撼将会很强烈。在"in medias res"①之前——就像人们说的那样——，我们还是先去散散步吧。

首先，命运安排我们在离香港不远的地方，甚至可以说就在它附近，遇到古老的葡萄牙殖民城市——澳门。我们可以在途中眺望它，在中国，唯独只有在这里，我们才能找到一些既不属于中国也不属于英国的东西。澳门是个很古老很古老的城市……城里的房子有着各种色彩；码头上堆着橘红色的货物，使整个城市突然之间变得通红。除此之外，澳门

澳门——一个花园（法国邮船公司照片）

---

① In medias res，拉丁语，原是一种小说叙事技巧，指从中间开始叙述故事，这里应该是投身其中的意思。——译注

的人种很有意思。葡萄牙人和西班牙人——可能还有后来的法国人——是殖民者中的异数，他们明确表示原住民并不比殖民者低级许多，而且认为完全可以同原住民结盟，有时甚至同后者的女儿们结合……所以在澳门产生了一种中葡混血人种！……这是一种漂亮的人种，看起来赏心悦目，因为他们非常优雅。这是通往中国之路上的又一个小站头。

广州就在那里了，离我们只有两步之遥……然而，我们得明智一点，现在还不是去广州的时候。让我们再散会步吧。先去乡村看看……想想吧，广州可是一个有三百万人口的城市，几乎跟巴黎一样！……在参观城市之前，让我们先远远地眺望一下它的郊区。

*

在离广州一百里远的地方，出现了一个大岛——海南岛。海南岛的主要港口是琼州。琼州是我毕生所见的第一个中国城市，它给我留下了非常有趣的印象。上岸时，首先引起我注意的是街道的路面。路面宽约一米，由捡来的一钱不值的碎片铺成。我们就行走在那上面，或者说深陷于其中。路面以上，交错相生的竹子将挨得很近的房子连接了起来。竹子上安放着柳条织物、席子，形成了屋顶，夏天用来遮阳，因为这里的夏天酷热难忍；或许冬天还可以用来避雨，因为这里的冬雨也很严酷。街上理所当然会有那种无法理解的、可怕的、难以置信的躁动。香港算不了什么；这里才是起点。只看到人群往四面八方跑动，一边跑一边还吆喝着，因为中国人喜欢吆喝声，而且经常吆喝。他们几乎总是肩负着重担。不要以为他们会为这点东西放慢脚步！他们能够让十尺长的竹子在自己肩上保持平衡；竹子的两端悬挂着沉重的包袱。挑着这些东西的人仍旧能够健步如飞，他们的吆喝声是一种嘶哑、粗犷的喊叫声，对于欧洲人来说，这是一种真正会撕裂耳膜的声音。如此种种，使你们起先会产生这样的念头，觉得自己永远不可能适应这里的环境，更不可能听到什么。你们错了，因为汉语很容易学。这甚至是一门令人赞叹的语言。

　　房子那么小，无法想象人可以生活在这里。然而人们确实生活在这里，而且生活在一起的人群庞大到难以置信……中国的房子只有一层，上面加个屋顶。黄色的家庭——我怕我已经有滥用"躁动"一词之嫌，但我不得不再次使用它——，黄色的家庭在四处躁动着，屋里屋外没有分别，穿梭在吆喝声、阳光、各种狂躁的活动以及我曾向你们提起过的、覆盖一切的、令人生畏的中国气味中。

让我们赶快逃离这种气味吧。去农村走走。农村到处种着庄稼。想象一下，整个中国几乎不到欧洲[①]的一半，每平方公里却生活着一百人——总共是四亿人口。因此，没有一寸土地被浪费。一望无垠的水稻田、高粱田、黍米田、棉花田，一切的一切……在那里，你们会碰到推着传统中国独轮车的农民。独轮车的轮子直径几乎有两米长，而轴承永远不知安静的滋味。

我还记得有一天，我同一位海军上将（也就是现在已去世的海军上将博蒙）和一位印度支那总督（就是保尔·杜梅先生，上帝保佑，他还活着）一起走在海南的一条路上。当一辆中国独轮车同我们擦肩而过时，我听到了他们之间的对话，相当滑稽，而且很好地展现出中国是什么样子，以及我们应该用怎样的目光去审视它。刚到这个国家、对它还不甚了解的保尔·杜梅先生看着这个轮子每转一圈就会发出令人心碎的呻吟声的独轮车，听着它的声响，摇了摇头说：

"真是个奇怪的民族，四千年来竟然没有改进他们的独轮车！"

[①] 这里指的不是中央帝国，而是严格意义上的中国，根据施拉德尔（Schrader）统计，这个中国的土地约为四百万平方公里，人口约为三亿八千万。——原注

听了这话,无事不晓的老人——博蒙将军反唇相讥道:

"真是个奇怪的民族,竟然比帕斯卡尔早四千年发明了独轮车!"

中国独轮车(法国邮船公司照片)

在中国,我们时刻都会看到这种反差:一边是神奇的、非同凡响的、异乎寻常的、足以迷惑我们的景象,另一边是极其幼稚的东西,例如荒谬的迷信,例如无法理解的习俗——当然是对我们这些欧洲人来说的……一方面是真实的中国,因其人口数量、智慧、劳动能力而显得极其强大的中国,另一方面是屏风之中国,是瓷器花瓶,以及站在宣纸上,穿着丝绸衣衫、竖着两根食指的中国人小像。我们得试图弄明白，为什么这两种东西不仅能够势均力敌地并存，而且还必须互相补充；弄明白为什么后者不过是前者那古怪的变了形的阴影……耐心一点，我们会明白的……

在农村，我们首先将穿越一片中国墓地，里面遍地是很小的人类坟墓，都是耸起的小土丘，一个紧挨着一个，拥挤在长达数里的土地上。之后我们会看到一个村庄。当我们到达那里时，我们会以为看到了一片小树林。因为在这片全部得到耕种的平原上，村庄一般来说都是建在高大、稠密的树篱后面。一片树林？不是的，是房屋。让我们进去吧。要走到里面，需要通过一条稻田中的小径，也就是一道小堤。这道小堤俯瞰着两片耕种过的宽阔池塘，水稻就生长在这池子里面。这里就是树篱的入口。倘若是在日暮之前，我们只能在村里看到女人和小孩，男人都在田里干活。我们不会引起太多恐慌，几乎不会引发什么好奇心，更不会惹来任何敌意。五分钟后，孩子们就会围在我们周围，有些惊愕地看着我们，但既不害羞，也没有排斥之意。

*

在这个我特别熟悉的中国南部，尤其是在我曾经生活过的广东省，我从没受到过当地居民的敌视。每次不管发生什么令人恼怒的事，我总能发现这是某人的过失，而这个某人永远不是中国人。尽管如此,大家还是小心为妙,因为并不是所有中国人都是诚实的,在中国就像在其他地方一样,也存在着强盗团伙。甚至连中国人自己都害怕这些人称"江洋大盗"的强盗团伙……

1898年的广州,当法国人占领半岛时,我们同当地人之间的关系曾经有过最融洽的时刻。尤其是在小岛硇洲上,三个军官带着一百来个人在那里上岸,并在一夜之间同当地人建立了友好关系。契约在小堡垒的门口签订。我们的一个士兵因为中暑而发疯,逃跑之后四处流浪,没少做坏事。而且他的行径可能还很恶劣。尽管如此,四天之后,当地人仍然将他带回给了我们,虽然被捆绑得像根香肠,但毫发无损。当地人恳请我们看住他,最好不要再让他到处流窜,因为他在那个地区搞了很多破坏。疯子确实不宜出口……

总之,中国人很温和。但是,中国有江洋大盗,正如法国有流氓和盗贼一样。让我们回到广州湾吧,我曾同第一批法国人一起占领了这个地方。我们刚到这里,就有一个中国商人来向我们兜售所有我们需要的东西。你们知道中国人都是极其出色的商人,要当场抓住他们的弱点很不容易。我试过了,但没有成功。这个广州商人卖的自然是罐头、炼乳、风肉、香料这些东西。有一天,为了找乐子,我故意扮演了一回荒唐的顾客。

"你有大提琴琴弦吗?"

在思考了一番,并让我解释了一番什么是大提琴琴弦之后,他以一种平静得不能再平静的声调对我说:

"我没有,但我星期二会有。"

星期二,他真的有琴弦了。他从哪里弄来的呢?无人知晓。

另一天,我出其不意地问他有没有网球场。他又要求我解释,尤其询问了网球场的几个必不可少的尺寸。当他心中有底,知道他要的东西必须是平的、坚实的,并且长多少宽多少之后,他向我承诺,我一定会满意的,确切地说是在十一天之后。第十一天,我真的得到了我的网球场,无懈可击。惊讶不已并对此感到由衷钦佩的我意欲付钱,这个中国人却拒绝了我:

"没什么,"他说,"这是个礼物。请接受它,我是这件事的赢家。"

"为什么这么说?"

"是这样的,为了做场地,我买了一块稻田,一块烂稻田,因此很便宜。我又买了一群牛……瘦牛!所以也便宜。我把牛放养到田里,它们吃掉了稻米和青草,就变得肥起来,而且它们的蹄踩在土地上,把地踩平了。我只需再买几袋石膏,也很便宜。我以高昂的价格卖掉了牛群。至于球、网和球拍,我派了一艘船在香港买齐了全部,价钱很公道。只不过我又在那边以很便宜的价格买了冰块,只要两美分!我在这里以昂贵的价格把冰块卖给了医院，两美元。所以你看，我在这件事上赚了钱。网球场是一个礼物，表达了我的友谊。是的，为了留住你这个顾客，和你的朋友们。请接受它吧！"

这就是中国商人。

同一个商人——这才是我想要说的——，同一个商人某天在我们所在的这个和平地区开始在家中垒起雉堞，并十万火急地在支架上安装了枪支。我问他：

"这是针对我们的吗？"

"不，不是。"他回答我说。

"针对本地人的？"

"也不是！但坏人有可能会来！"

坏人真的来了。所有人都被抢劫一空，除了他，因为他早就收到了密探的预报，所以能够用枪支来招待江洋大盗。这个中国人，对于任何事情，他都知道该如何应付，世上没有什么事情是他不知晓或者不关心的。

我们在中国遭到的抵抗或者遇到的困难总是要么由违反了共同法的强盗引起，要么由我们自己的笨拙引起。不幸的是，太多时候我们都太笨拙，在其他地方同在中国一样。

*

让我们继续散步。往前走，我们很快就能看到一堵砌有雉堞的高墙，墙中央有一扇门，门上筑有棱堡。这是一个城市。中国有很多很多城市。每个城市都大同小异：四方的高大的城墙，里面像个蚁穴，永远处于狂热的活动之中。人口为五万、十万、二十五万或者三十万的城市都是小城市；人口为四十万或者五十万的城市只能构成一个县；只有人口逾百万的城市才开始有点重要性。

了解了这一点之后，是时候去广州了。广州的人口超过了一百万，甚至超过了两百万或三百万。当然了，同其他地方一样，也有四方的城墙，和有棱堡的、倾斜的城门；同其他地方一样，也是个拥挤的蚁穴。但这个蚁穴庞大得令人吃惊，所以不能毫无准备地前去。

广州——河流（法国邮船公司照片）

除了著名的五层塔之外，广州没有什么重要建筑。五层塔没什么稀奇的，甚至不够美丽，但它在广州人心目中的名气很大。我们就不去看塔了。只去看看无法用言语描述的广州的人群。在整个地球上，没有任何地方比这里更拥挤、更躁动、更嘈杂的了。广州是中国的商业中心，因为整个中国南部地区的贸易活动都集中在广州，而中国南部地区比北部地区有生机得多，富裕得多，热火朝天得多。在广州，我们看到财富同贫穷、同垃圾以及同一种前所未见的肮脏并存着。然而这种财富仍旧是坚实的，在阳光底下闪闪发光，也是一种干净的财富，因为它建立在劳动之上，而且仅仅是建立在劳动之上。要知道所有忙忙碌碌的中国人，他们那狂热的活动从来只有两种目的：首先是生存，其次是受教育。首先是每天的吃饭问题，这是最难解决的问题，因为这里人口众多，因为孩子成群出生，需要很多大米来填饱那么多的小肚子。因此人们每天劳动十二、十五个小时，必要时更多。中国人很会劳动，很会提供一种超常的、持续的、有规律的、耐心的、固执的劳动。之后是受教育……吃饱饭后，人们开始学习，因为在中国的社会阶级中，文人同百万富翁的地位几乎一样高。

*

　　大家知道，汉语是一种单音节的表意语言，正如古埃及语言一样。学习阅读这种拥有五到六万个汉字的神奇语言，实际上同时也是在学习哲学、历史、文学，总之所有我们称之为人文学的东西。而中国人对这一几乎蕴含着他们所有学识的文字充满了少有的尊敬和崇拜。在广西，我的一位朋友曾受困于一次排外的暴动，被一群狂怒的人群包围，这群人随时会杀人，就像任何失去理智的人群那样——即便是法国人也是如此。幸运的是，我的朋友会写汉字，他灵机一动，在自己本子的一页上写了几个必要的汉字，向靠他最近的人——那个已经挥着棍子的中国人解释，他是一个爱好和平的文人，只想请求别人带自己到最近的书店去买书……真是奇迹！无须多言，暴民们立即奇迹般地安静下来，并急急忙忙、恭恭敬敬地将这个外国人带到了他想去的地方。

　　这是中华民族的一大特点。中华民族是一个古老的民族。当我们谈论非常遥远的古代时，我们嘴里说的总是埃及。埃及确实是个有几千年历史的国家，而且我不认为中国的历史会比埃及的更久远。在这两个国家，人们都只勉勉强强掌握了本国在公元前四千五百年或公元前五千年的情况，不会更多。然而古埃及已经消失约两千年了，结束它的是克莱奥帕特拉女王时代的奥古斯都！从此以后，在漫长的一段时期内，它都是个死去的国度。今天的埃及人，我很喜欢，我有很多朋友都是埃及人，他们已经不是昔日的埃及人，而且也不以古埃及人自诩。这是一个新生的族类，比起过去，他们有着更多的未来。在中国，恰恰相反，从最传奇的古代开始，同一种血缘、同一个民族就一直存在着，既没有消失，也没有沉睡。是的，在传说中于公元前四千四百七十七年统治中国的伏羲帝时代，甚至更古老一些，在十三位天帝、十一位地帝和九位人帝的时代——根据传说，每位皇帝都统治了一万九千年——，就已经是同样的中国，这个如今还被我们凝视着的中国；就已经是同样的中国人，不管他们最初是来自喀什，来自新疆——正如官方所说的那样，还是来自上缅甸——正如某些非常有学问的学者声称的那样……事实上，中国古代史相当有意思。不管是来自北方还是南方，在大约两千年的时间里，中国人一起走向了东方。我们可以确切指出，他们是在约公元前三千年来到现在的陕西省的，正是从那时起，中国的编年史书开始向我们提供最清晰的资料和最详细的历史记载。

*

帝尧和帝舜在陕西之后又攻克了山西，之后是河南。那时中国实行的是禅让制。公元前 2205 年，大禹建立了第一个世袭制的王朝，即夏朝①。夏朝维持了四个半世纪，其间有十八位皇帝相继登基。公元前 1766 年，夏朝灭亡，商朝继起：二十八位皇帝，六个半世纪。之后是周：第三个王朝，九个世纪，三十八位皇帝。我们终于来到了汉尼拔的时代。第四个王朝诞生了，即秦朝。秦统一了整个王国，取消了分封制，使中国成为一个四处征战的军事大国。在这一过程中，请注意这位伟大的改革者、秦朝第一位皇帝的名字，他叫"秦始皇"，逐字解释，即"秦的第一位皇帝"。他叫"秦始皇"，在这个名字中，"始"意味着"唯一、最初"。他想要强调他的统治开创了一个新的时代。这就是为什么他要清除被他摧毁的分封制的痕迹，而且，因为思想家们不停地以传统和古书来反对他的改革，他就命人烧毁了所有的古书，取消了传统，并活埋了所有思想家。这是个精力非常旺盛的男人，在需要采取一些非常手段时也不会退却。

秦朝之后，中国经历了其他名气较小的王朝。其中之一值得我们关注一下：唐朝。唐朝皇帝在位的时间大约相当于我们的 7、8、9 世纪，从公元 618 年至公元 906 年②。那时的中国所经历的历史同我们在同一时期所经历的历史惊人地相似。王国发展的每一步都伴随着无尽的、血淋淋的战争，在北方击退了鞑靼人，在南方击退了安南人和暹罗人，在西方

---

① 有关尧舜禹的认识与中国史书记载的不吻合。——译注

② 应为 907 年。——译注

击退了西藏人。不要以为他们打起仗来很高雅！但他们打仗时确实有某种骑士精神，某种风度，当然也不排除刑罚和杀人……但也不排除高贵的忠诚和美好的英雄主义。在西安附近还保留着相当数量的墓碑，唤起人们对战争年代的记忆。著名汉学家谢阁兰——我很荣幸能成为他的朋友——在识别并阅读众多碑文之后，写了一本关于这些中国或蒙古墓碑的奇特而出色的书。请允许我引用其中一段好战的碑文，它会把我们带到野蛮中国的时代：

  我们就是在此地将他生擒的。因为他表现英勇，我们劝他投降，但他选择去地狱侍奉他的王子。

  我们砍断了他的腿，他挥舞着双手表达他的狂热。我们砍断了他的手，他大声喊叫着向他表忠心。

  我们割裂了他的嘴，从一只耳朵到另一只耳朵，他就用眼睛示意他将永不变节。

  不要像对待胆小鬼那样弄瞎他的眼睛，而是满怀敬意地割下他的头颅，洒下勇士的奶酒，和这首奠酒歌：
  当你投胎转世时，陈和尚，请赐予我们殊荣，在我们这里出生。①

这是一段高贵的墓志铭……

      *

这个中古时期动荡的中国值得我们将其与伟大、古典的思想家之中国相提并论。但是,在谈论现代中国的历史之前,如果我们不提三个人,就几乎无法完全解释中国精神是如何形成的。这三个人在中国扮演的角色比任何一位皇帝、任何一个族长都更为重要。三位中的第一位,是著名的老子,他似乎生活在公元前 600 年或前 700 年左右,但尊崇他这一教派的信徒们断定他从未生过,也从未死过,永远存在,无限重生。老子无疑是通灵术的祖先和创始者。他的形而上学似乎很复杂,充满传奇和迷信色彩。他以自己的思想为基础建立了一种模糊的宗教,关于神仙、灵魂和感应的宗教。今天,整个中国还在受着这种宗教的影响……

然而,老子之后,即公元前 551 年,出生了一个人,他的光芒将遮盖老子,不过并没有摧毁后者的教条,这个人就

---

① 谢阁兰《碑》中《蒙古人的奠酒》一诗,译者根据法语原文译出。中译文也可参见〔法〕谢阁兰:《碑》,车槿山、秦海鹰译,上海:上海人民出版社 2009 年版,第 99 页。——译注

是孔夫子，中国人称其为孔子（"子"意味着师傅或思想家）。孔子或者说孔夫子无疑是最杰出的中国人。

孔子出生在鲁国，从青年时代起，他就开始带着一种恭敬的怀疑精神来思考宗教和形而上学问题。他毫不掩饰地声称，自己智慧有限，勉强能够理解地上的东西，因此拒绝为天上的任何事物费神。这就意味着他拒绝了对彼岸问题的思考，一心只思考人世的问题。在一本相当简短的、我们动辄提到的书中，他创立了最坚不可摧的道德哲学，这是自古以来最坚定的准则。事实上，自孔子以来，中国一直生活在他所提出的关于个人和社会的语录的基础之上；而今天的欧洲人都是儒教的信徒，只是我们不自知罢了，因为他所制定的法律——对国家和君主的义务，对祖先的义务，对父母的义务，有关丧葬的详细规则，有关礼节的仪式……总之，所有这一切在任何文明社会中都有效，因为要文明地进步，社会确实需要扶植孔夫子的信徒，不管这种扶植是有意识的还是无意识的。

而第三个大人物是孟子，孔夫子的弟子，比孔子晚一百五十年出生，他评论、补充并完成了师傅的著述。

*

你们已经看到，要理解中国精神，这三段前后相继的短暂生平有着不可比拟的重要性。老子使我们理解为什么中国肆虐着大量迷信行为。我用了"迷信"这个词……难道不应该说它们是"风俗"吗？这些"风俗"，我们已经无法知道最初的起因，但它们一定有前因后果，不是吗？……例如，无人不知中国人在房屋朝向方面的神秘心思，房屋必须朝向某个方位，同时要考虑到风、雨、地，总之所有被他们称为风水的东西，也就是说空气和水。很奇怪吗？算是吧。不能在这里盖房子，因为风水不好。我们会取笑他们吗？事实上，为什么要取笑呢？在我们国家，在当今社会，卫生情况也迫使我们遵守一些规定、法律和强制令！甚至那些对此表示不解的人也会遵守、服从这些命令，并觉得这样甚好。在这些中国迷信的源头，必定也存在着某些现在不为人知、不为人解的理由，但后者肯定比它们的表面现象更为严肃，而且不那么怪诞。

当然了，一个有着如此悠久历史的民族，其迷信行为最终肯定会走向极端，走向荒诞。当明朝开始统治时（时值1368年），这一血统的第一位皇帝还不是前朝都城——北京的主人，他在南京定都。这一南方的都城被设计得非常奢华，人们将其包围在规则的、高大的城墙之内，人们在此建起了高塔，人们修筑了很多宫殿，人们建造了很多房屋。之后，当一切完工时，人们之前忘记征询其意见的占卜师们来了，并宣称这里"风水不好"！于是人们没有在这个城市住下来。

更奇怪的是，几年以后，人们发现由两个汉字组成的南京的名称可以用不同的方式书写，也就是说两个读音相同、写法不同因而意义不同的汉字。于是人们改变了写法，只需如此，风水就得到了改变。城市于是变得可以居住，而人们也开始在那里生活……

也许最初的占卜师们并非没有道理，因为今天的南京已处于衰退之中，几乎成了一个荒无人烟的城市……

在二十一个朝代之后——包括十九个汉人统治的朝代，一个蒙古王朝和一个满洲王朝，我们都知道最后一个王朝清朝，即"极其清白的朝代"，在一场革命后灭亡。其后，几个受到质疑的共和国相继宣布成立。再往后，统治中国的，只是一种极度的无政府主义，不知道中国如何才能从中脱身。尽管如此，在过去的六十个世纪中，同样的事件在中国已经上演过十五、二十来次了，每次改朝换代时几乎都会如此，有时甚至还发生在王朝还没有被颠覆时！可怕的无政府主义，骇人的饥荒，废墟、灾难、毁灭，中国经历过所有这一切。十年或者百年之后，总是会有一个救世主出现，然后整个国家又恢复了秩序与和平，引用一句中国谚语，是"刀生锈，犁发亮"。在中央帝国，这个谚语意味着幸福的极致，文明的巅峰。事实上，中国人如此将他们的理想放置在战争以外、和平之中也许很有道理……

因此，我们不能对现时的中国绝望，它已经那么多次从同样的事件中脱身！中国的无政府主义状态无疑是暂时的。

*

我只是想让你们了解中国这个所有国家中的老者有多么庞大，并指出将我们引向昔日中国的历史之路有多么宽广：未知的、神奇的道路！拥有五千年历史的中国一直存在着，而且一直膨胀着、沸腾着！然而，到目前为止，我们只是探索了这个国家的一部分，小小的部分，也就是中国南部。当我说中国的时候，我指的并不是整个中央帝国，即不仅包括汉人的中国，还包括蒙古、满洲、新疆和西藏在内的中国。我谈论的是拥有十八个省和三亿八千万人口的中国。总的来说，是两个地势中等偏低的河谷，即黄河流域和长江流域的总和。直到目前为止，我们一直停留在长江以南。一个中国北方人将会蔑视我们！在他眼中，中国南方不是中国，它充其量不过是中国的一个藩属国。也许他没错，因为中华民族的摇篮——陕西省完全在北方，甚至远离长江。直至秦始皇时代，也就是直至汉尼拔的时代，中国人还只是聚居在这两个河谷之间，长江以南的土地不过是他们的狩猎场。今天，事情当然有所改观。中央帝国最大的省份四川省就位于中国南部，这个省计有八千万人口，拥有不少大城市，同这些城市相比，我们的里昂、马赛、里尔和波尔多只不过是一些小乡村。但是，历史的中国是北方的中国，而且人口更多，尽管没有南部中国那么富裕。因此，如果想看到能引起我们兴趣的东西，也就是说至高无上的、辉煌的中国，作为美的化身的中国，或者汉学家口中"宫殿林立的中国"，我们应该去北方，因为我们的首要身份是欧洲人。

*

我们曾到过广州，到过香港。让我们坐船走吧，四天之后，我们就在上海了，同那个令人吃惊的南京近在咫尺。那个曾为三四百万人设计的都城，如今只剩下几乎不到五万的人口，成了一个被遗弃的城市，一个荒芜的城市。

上海（并不完全在长江入口，但在它的河谷边缘）则恰恰相反，是一个很活跃的城市，活跃得甚至有些出奇。它不仅是中国中心地区最大的进出口港（我们前面提到的香港只不过是个中转港），同时还是所有中国人心目中的娱乐、盛会和奢侈品之都，是蒙地卡罗、比阿里茨和杜维尔的集合！大家想象一下：那么多的财富都在那里聚集，百花齐放，百家争鸣。上海很自然地成为每个人都想在其中展现自己奢华和实力的城市。而且，上海同香港不一样，它不是一个英国殖民城市，而是一个完全国际化的都市，半中国化，半欧洲化……因为欧洲人在上海的河岸边拥有两块租界，一块不起眼的小租界是法国的领地，另一块非常大非常富有的租界是世界的领地。你们瞧，我们法国人在上海的地位很特殊，这全归功于我们的丝绸贸易商——里昂的丝绸商人，他们一直以来都在上海，人数众多，富有且受人尊敬。

（……普遍的规律是，如果你们在法国本土之外碰到法国人，两个之中必有一个是里昂人。里昂是最有胆量、最有闯劲的法国城市……）

因此，在上海的法国人是富有的法国人，是具备强劲实力的丝绸商人。在上海的英国人也是富有的英国人，是在任何领域都具备强劲实力的商人。在上海的中国人比所有法国人和英国人都要富有。所以，上海只能是一个富裕的、耀眼的、引人注目的城市。就像上海那条长达数公里、人称"福州路"的街，它只是一个巨大的娱乐中心，音乐声在这里夜以继日地奏响，永远不会停歇。

*

同香港一样，上海也有赛马场，甚至更为优美，更富运动活力，而且要知道，在这里获胜的骑士经常是中国人。

在上海，任何事都不会令人吃惊。例如去郊区某条叫做"涌泉"也就是"会冒泡的泉眼"的林荫路[①]上散步。那里是中国风雅之士及其他人的散步场所。路上全是漂亮的汽车。就在不久前，也就是我那个时期，中国人还为拥有一种有些特殊的马车而自豪，车厢是英国式的，无可指摘，但通体用玻璃制成。这在他们看来是奢华的极致。在涌泉路的某些地方，过去和现在都还竖立着一些类似我们的"阿尔蒙农维尔"或"卡特兰草原"[②]的楼房。让我们去里面喝会儿茶吧。

上海——南京路上繁华的商店（法国邮船公司照片）

---

① 涌泉路，即现在的静安寺路。——译注
② "阿尔蒙农维尔"（Armenonville）和"卡特兰草原"（Pré-Catelan）均是巴黎著名高级餐厅。——译注

除了能品尝到在欧洲从未见识过的美味饮料，你们还能看到五六百个出生显赫的中国人，在他们那些无比优雅的妻子或者女性朋友的陪同下，与你们一样喝着茶，表现得非常谨慎，非常有风度，非常真实。另一方面，即使是在1924年，这些风度翩翩的中国人的服饰都明显没我们的那么可笑——我指的是男装——，因此，没什么比观看这一灿烂夺目的人群更为赏心悦目的事了。女士们都穿着绸缎裤子，或硬锦缎材质的裤子，一动就会起明显的褶皱。她们上身穿着中国式上装，总是一层层地绣着最迷人、最新鲜的颜色：粉色、紫色、珠灰。除了用袍子代替女式裤子之外，男人们的穿着打扮几乎同女人一模一样。从前，我看到他们时，他们还留着长长的辫子。照我看，这简直太适合他们了！所有这些人用最文雅的姿态吃着碟子里的葡萄干、榛子、烤杏仁和各种口味的糖，雪梨味的、甜的、辣的……谁知道还有什么口味！女人们大多露着著名的中国小脚，令人遗憾万分的奇特变形，把脚弯折后形成的。小脚几乎流行于整个中国，尤其是长江流域这一带。所幸它从来没有渗透到整个民族中，因此，例如广东的女村民，那些带我们在广州的小河甚至大海上游玩的船家女，她们的脚都非常正常，而且很迷人。如果把它们毁坏了，那就太可惜了。幸好这种荒诞的风气在中国有渐渐消失的趋势。

*

　　这就是上海了，位于雄伟的长江入海口，是当今的进出口大都市。上海代表的是现代中国，是大商人云集的中国，是苦力集中的中国，是劳动中的中国。

　　出了上海，就是荒芜的南京了。我们将去看看古代中国。我说的不是城市，因为关于城市，我们已经讲了所有该讲的。我说的是位于几里之外的明代第一位皇帝（相当于我们的14世纪末）的陵墓，是他命人建造了南京。我们的远足古色古香。让我们一起去看看吧：

　　在遥远的地方，我们就能看到一座高耸的山丘，当然是人工建造的，中国所有的皇帝在设计自己陵墓的布局时，总是先命人徒手制造出高度。在这个山丘前，是一个类似小庙的建筑，屋顶已经消失，屋檐下有一只巨大的石龟，背上驮着一根柱子……这根柱子是君主的墓碑，位于庄严的陵墓之前。让我们继续前行。在左边较远处，出现了两座高大的石像——两只狮子横卧在一条曲径的两侧。继续向前，从两只狮子中间穿过之后，又出现了两只石狮子，这次是站立着的狮子。之后是两头卧着的骆驼，之后是两头站立的骆驼，之后是其他野兽：大象、麒麟、犀牛[①]。就这样，我们在一条

---

　　① 明孝陵神道两侧依次排列着狮子、獬豸、骆驼、象、麒麟、马六种石兽，每种两跪两立，共十二对二十四座。——译注

南京——通往陵墓的道路（谢阁兰照片）

真正的胜利之路中前行，两旁是排成行的两两相对的巨大石兽，互相凝望着对方。我已经说过，这条路不是直的，事实上，如果它是直的，就非常可怕，因为如此一来，那些总是习惯走直路的恶鬼就能找到通往陵墓的路了！……不过，不必害怕，恶鬼们将大失所望，因为胜利之路避开了山丘。我们只能一步步地去发现它。当我们走完石兽路后，我们首先会看到一对柱子，然后是两对高大的石人像，人称武官和文官……（我很不喜欢"官员"[①]这个词，它在汉语里毫无意义，这是个葡萄牙语词汇，来自动词"mandar"，也就是发号施

---

① 这里指的是"mandarin"一词。——译注

第三章　在中国　117

南京——通往陵墓的道路（谢阁兰照片）

令的意思！不如说是四个中国达官贵人，其中两个是穿盔甲、拿兵器的武士，另外两个是文人。）最后，在所有这一切的尽头，出现了一座圆形宫殿，在那里，在地底某处，安息着被称为"光明的朝代"即明朝的开国皇帝，他的子孙都被埋葬在完全相似的陵墓里，只不过后者都在北京郊区而已……

事实上，最后，我们一定得去北京。否则我们的旅行可以说是不完整的、有缺憾的。

*

北京不是一个很古老的城市。它创建于马可·波罗时代，在第一个不是由汉人而是由蒙古人掌权的朝代，即元朝，它的开国年代可追溯至1280年。建造北京的皇帝将其设计成了一个巨大的四方形，如此庞大，以至于他在有生之年没能完成建造工程。城市的整个南部地区一直保存得很完好。北京由两个相互毗邻的三角形构成，一个朝西，另一个的朝向与它垂直。南部是汉族聚居区，北部是蒙古人聚居区。

要去北京，得从渤海湾出发。这里有低矮凶险的海岸、大片的沙滩、浑浊泛黄的大海。这就是我们将逆流而上的海河入海口。很快就到天津了。天津是北京的内河港，人口将近一百万。这里已经没有南方城市的那种躁动。哦，这里仍旧非常拥挤、非常繁忙、非常活跃，但北方人有一种南方人所不熟悉的尊严和阶级观念，几乎可以说是一种矜持。在天津的上游，海河变成了一条很狭窄的小河，必须得从陆路继续前进。让我们继续吧。在路上，我们可能会碰到著名的中国北方车辆，也就是上面架了一块板子的独轮车。人力车夫推着车，乘客们在上面左右摇晃。因为车推起来非常艰难，车夫就在一根棍子上扯起一面帆，以借助从后面刮来的风的力量。

我们还会遇到蒙古骆驼，长着厚厚的毛，如狮子一般健壮威猛、毛发丛生。在淹没北京平原的厚厚灰尘中，它们静悄悄地迈着大步前进……

第三章 在中国 119

中国长城（法国邮船公司照片）

我们就这样接近北京了,但我们之前一点都意识不到,因为无法从远处看到北京。当我们到达时,它就突如其来地出现了。走出这片尘土飞扬的灰色平原时,我们面前突然会出现一道城墙,巨大的、神奇的、巴比伦式的城墙,无疑是世界上现存最大的城墙。伊斯坦布尔闻名遐尔的城墙同北京城墙相比简直是个儿童玩具。

北京故宫角楼(谢阁兰照片)

洛蒂第一次看到北京时,觉得出现在他面前的仿佛是一座哥特式大教堂,然而是一座"向左、向右延伸,直至无限的"哥特式大教堂。

有雉堞的围墙呈现铁灰色,两侧有四方的高塔。我们由中国式的城门入内。中国式城门就是有楼层的门,上下共为三层,每层都装饰有四角上翘的屋顶,上面覆盖着瓦片。这些角象征着古代的帐篷,五千年前,游牧的中国人在最终打下自己的江山之前,曾在帐篷底下生活了数个世纪。[①]

我们进城了。越过这道黑黝黝的围墙之后,我们进入了一个举目皆是黄绿两色的城市,绿色是因为这里遍地栽种的柳树,黄色是因为皇宫屋顶瓦片的颜色。街上的人群如同在中国其他地区一样,或小跑着,或飞奔着。这里呈现出的诚然不是南方那种狂热的活力,但这里更为繁忙,更为有趣。

在最后几位皇帝在位时期,北京城实际上还充斥着骑兵队和耀眼的制服。一个身份高贵的女人出门时至少有二十匹马紧随其后。如此的骑士队伍给城市带来了很多奇异色彩,而且,容我冒昧地说一句,也给城市增添了很多装饰。

这仍然是个中国城市。往北边走,就是两个三角形的交界地带,我们将从中国进入蒙古人街区了。仍旧是一道高大的围墙。我们将进入这个城市。建立大清(极其清白的)王朝的满洲征服者们在 1643 年——相当于我们的路易十四时代——掌权之后,把这个城市留给了他们的同胞。说明一下,

---

① 此处应是指飞檐。作者对飞檐的认识明显有误。——译注

大清的第一位皇帝叫康熙。在明代瓷器——明代瓷器现在越来越少——之后，康熙瓷器也同样美丽非凡……对于很多业余爱好者来说，甚至比明代瓷器更为美丽。我们就这样又穿过了一道灰色的城墙，这道比之前那道更高，同样也砌有雉堞。现在我们在蒙古城里了，或者现在你们也可以叫它满洲城。它同中国城很相似，同样的房子，同样的瓦片，同样的街道或者说同样的小巷，但是更为宽广，而且总是垂直相交。

如我前面所说的那样，城市因马队、色彩和光线显得无比生动，不仅如此，它还因其习俗及其全部生活而充满吸引力。在南方，我们看到过商人和苦力的狂热的躁动，一切都跑动得太快，使我们无法随心所欲地观看。在北方，我们有充裕的时间。我们将看到被当地人称为"胡同"的北京小巷的所有怪诞之处；我们将看到食品（奇怪的食品！）商人……我们将看到无数盲人，简直形成了一个行会。这些盲人从来没有人来照管，也没有狗给他们引路……我们将看到辛劳但仍得不到温饱的黄包车夫……总而言之，我们将看到整个中国生活，而且将亲临其中。

*

让我们继续前进。我们将接触到最精华的东西，我们特地前来北京看的就是这些东西：首先是宫殿，两座雄伟的宫殿，都位于中国城内，它们是天坛和先农坛。

"中国庙宇，"一位品味高雅的俄国人最近刚跟我说过这番话，他是个大旅行家，游历过很多地方，也是伟大的爱国者，目前在我们的宪兵团中为法国效力，"中国庙宇几乎是我所见过的世上最完美的东西，甚至比雅典卫城还要完美，因为它更为平衡。"

他说得没错。中国庙宇代表着对所有永恒法则的最完美的表达，而且首先是对最初的、最完美的、最绝对的法则——重力法则的表达……我们可以来评价一下：一座中国庙宇由三层汉白玉的底座构成，每层之间由同种材料的巨大石阶连接。每条石阶的中央是一条道路，这里，台阶被一道倾斜的、坡度平缓的面所取代。整个坡面的汉白玉上镶嵌着一条有鳞片的巨龙：这就是御路。在举行祭祀典礼时，唯有天子才能从其上经过，前往庙宇，而随从们则分散在他左右两侧的普通台阶上。在一系列呈金字塔形的——这个金字塔仍旧是用玉石建造，而且是汉白玉，总是白色的——平台的顶端，是一个圆形或方形的建筑，这就是正殿了……（天坛是圆形的，上面覆盖着蓝色琉璃瓦[①]；先农坛是方形的，上面

[①] 事实上，天坛不过是三片露天的、上面盖有一座神坛的广场，一切都用纯净的汉白玉建成。然而，在这个庙宇的附属建筑物中，有一座庙，人称祖宗庙，里面保存着皇室的灵牌。这座庙是个环形建筑，上面覆盖着蓝色琉璃瓦。——原注

北京——先农坛（谢阁兰照片）

覆盖着绿色琉璃瓦……这些象征很容易诠释：一个是天穹；另一个是草原或田野）……总而言之，这些都不重要：唯一存在的是比例，以及无瑕的图案。哦，图案、比例，所有这一切都很完美。

但是，我们还有最美丽的东西要看。蒙古城掩藏着被人们错误地称为"黄城"的地方。完全错误，因为此处人们玩了一个读音上的文字游戏，"黄"在汉语中念"Huang"，同一个"Huang"，写法不同，读音相同，意味着庄严神圣、至高无上。因此不是"黄城"，而是"皇城"。犯错误的人要么很无知，要么是故意想取乐……

*

皇城被第三道城墙包围。这一道城墙被漆成了暗红偏紫的颜色，是神圣之中的神圣，这就是禁城，也称紫禁城。一越过这道围墙，人们会大吃一惊，因为这里没有房子。红色的围墙只围住了一个森林：雪松、柏树、岩柏和柳树……在树林之中，此处彼处有一些极其美丽的人工景观。一座相当高的、人称"煤山"（这里也有文字游戏）的丘陵；一个有着古怪河岸的辽阔的湖泊。这个湖就是著名的荷花池，池上架着一座汉白玉桥，它的弧度令人意外，却超乎寻常的美丽，超乎寻常的和谐。湖泊、丘陵、河岸、树林，一切都出自人工。我们只不过是在一个充满忧伤的、金碧辉煌的公园的大花园里散步，中国皇帝在六个世纪前给自己建造了这个园子，正如路易十四于两百年前给自己建造了凡尔赛宫一样。就让我们在此散步吧，如同在凡尔赛宫一般……因为如同路易十四一样，中国皇帝再也无法禁止我们在此散步了。但是，

北京——颐和园（法国邮船公司照片）

如同在凡尔赛一样，散步时得满怀敬意。在乔木之间，闪现出庙宇、亭子、小宫殿的影子。突然之间，出现了第四道也是最后一道围墙，暗红色的或者说紫色的围墙。从前，没有人进入这里，从来没有。我们进去吧，因为末代皇帝、天之骄子已经从他的宝座上下来了。中国的主人从前就居住在那里。从1900年开始，在义和团运动期间，皮埃尔·洛蒂曾住在紫禁城，他在《北京的末日》中给我们留下了关于紫禁城的生动描述。

但是，在中国，我们有比这宫殿更为奇特、更为美丽的东西要看。归根到底，这个宫殿只不过经历了三个王朝——二十一个中的三个！另外，中国从来就没有非常古老的宫殿，因为中国人不喜欢永恒的建筑,而且总是使用不易保存的材料。他们似乎只想通过书写来使他们的种族、他们的智慧和他们的梦想获得永恒。"这个,"雨果说(他说的是书),"会抹杀那个!"(他说的是建筑物)。在雨果之前五千年,中国人就已经持同样的观点了。

在整个北京,除了一座人称"钟楼"的塔楼源于元朝,也就是马可·波罗的时代,最受人敬仰的古物,其源头只能追溯至前朝,或前前朝,也就是我们的路易十四或亨利四世时期。你们瞧,都是些新东西!然而,中国人同埃及人一样,毅然决然地要使某种东西变得永恒,那就是他们的坟墓,尤其是皇室的坟墓。

前面我们已经参观过明朝开国皇帝的最终归宿。它差不多只有五百年历史,也是新生事物!但是,让我们深入到中国内部去吧,一直深入到这个名为西安的古都……离西安不远处,我们会发现这位与汉尼拔同时代的神奇的中国皇帝的陵寝,第一位皇帝,"始"皇帝——秦始皇,那个消灭分封制、烧毁古籍的皇帝。最近,一个法国使团发现了陵墓①,它已历时二十二个世纪。下面是谢阁兰在一本出色的书②中所作

---

① 1914年,〔法〕谢阁兰、瓦赞、拉尔蒂格三人组成的考古团在沙畹建议下,在北京、陕西、河南、四川、云南等地对地表的墓葬进行考古。1914年,谢阁兰在临潼偶遇一老翁,在后者指引下来到秦始皇陵前,并拍下照片。——译注

② 谢阁兰:《画》,科雷思出版社,1916年。(Victor Segalen, *Peintures. Chez Crès, 1916.*)——原注

的描述：

> 三座层层叠叠的丘陵；三座丘陵互相依靠，直至最终形成唯一的山峰，在空旷的天穹下高贵地凸起着。左右两边，长长的斜坡渐渐融入无尽的地平线。
>
> 尽管它规模宏大，尽管它的体积、它的顶峰能够抵抗来自云端的雨水和来自土地的振荡，然而这一切都不是大

秦始皇冢（谢阁兰—瓦赞—拉尔蒂格考古团照片）

自然的产物，而是人力足足用了八十万天建成的，以歌颂唯我独尊的"始皇帝"——秦王的功绩。

（首先要建造的，总是人工的丘陵……）

*

……啊！即使你们盯着它再看上一万年，这幅画还是不会有任何改变，微微泛着红棕色。它在时间的炙烤下会变得金黄，然而不会出现任何别的东西……

必须走进陵墓里面去。

……一旦进入内部，我们就置身于大地的另一边了，但这里并非一团漆黑。我们沿着灵魂之路走向建筑的中心。这是一条长长的、有拱顶的走廊，提供照明的，只有位于走廊另一端、五百步远处的一些黄色火把。火把昏暗的反光镶嵌在墙上，悬挂在墙面无数由图像组成的场景上。一切都被包裹在年代久远的砖块中。触摸一下它们吧。你们感觉得到吗？砖头同土地是多么的相似！对于一座陵墓来说，用它作装饰难道不是更为私密吗？这些小人如手掌般大小，四周围绕着坚硬的半浮雕，他们成千上万地排列在墙上，望不见尽头。一个挨着另一个，却不会遮盖对方，也不会脱节，形成了上下三层装饰带。

手掌般大小！然而，他们的每一个姿势都曾撼动过整个王国,并且一直回响至蛮族所在的边境。这里只有他一个人存在。他的丰功伟绩在整个空间烙下了烙印。看看吧!令人称奇的身世、征战、秦国的凯旋。从那时开始,人们将整个帝国变成了一个酿酒桶,人们在此酿酒,人们将整个王国揉成了唯一一个大饼。每个场景都那么简单,那么清晰。

这里,刚刚步入成年的年轻国王宣布,任何反对他行动的人都将先被斩首、煮熟,之后……他们的建议也许会得到聆听。

这里,我们看到他正在鞭笞流血的石头,并命人给拒绝变红的岩石涂上血红的颜色。

这里,为了向他那受人敬仰的母亲表示敬意——尽管她没有资格承受——,他屠杀了邯郸城里所有的老人,因为他们曾看到他出生,而且可能随时会记起这件事……

这里,最后,他决定将过去连根拔除。他把所有的书都做成了一把柴火;他活埋了所有读书人。他否认任何先驱之人,不管他们是好的还是坏的。

他自封为"始皇帝",第一个皇帝。

作为天底下公认的大地的主人,作为生者的狂暴的主人,他甚至声称要征服死亡,并且命令他的炼丹师们炼制一些金丹和逍遥酒,吃后能让人长生不老。为了获得秘方，他派出了一支海军，大批人于是涌向了大海。

接着，他开始失去耐心。丹药迟迟不来，人们便给他炼制了万灵丹，用朱砂配以理想的时间熬制，见效更快，可以在人还活着时就将身体蒸馏，消除肉身和精神世界，总而言之，消除生命。

他屈尊接受了一杯万灵丹，然后一饮而尽……

……走出昏黄的灯笼照耀着的小地窖，离开那充斥着太多形象、令人头昏眼花的走廊之后，现在我们位于墓室前了。眼前是一个完美的空荡荡的四方空间，在用一整块青铜铸成的地面上，显得格外坚不可摧。

你们已经无心听我说了；你们向那个巨大的石棺俯下身；你们在试图看到里面的东西吗？

是的，你们可以看到里面……但是，石棺是空的。

人们会告诉我们，"在皇帝驾崩、丧礼举行五年之后，一些造反的乌合之众扫荡了这个巨大的陵墓，尸体被剁成碎片，金银财宝被熔化……"我们不是第一批来到这里的人。纯粹是说书人的故事！坟墓的确是空的，然而，凭借他的力量而成一统的整个王国一直弥漫着他的身影，一直受制于他的法令。

对他来说，他既不在这里，也不在那里，因为他不屑于长期居住在他的陵寝中，仅此而已。他与诗人们说的完全不同,他根本没有"感受到白骨的哀伤"。可能那饮品是好的,而他没有死亡。他生前如此伟大,因此他的名字——"始皇帝"能够掀起大地并使之消亡。赶快向后退,走出这个坟墓吧……

啊!这就是永恒的中国。这个中国拥有如此的历史,并有如此的回忆作为跳板。这些回忆激励着整个民族,为他们所熟知,受他们敬仰和尊崇;这个已历时上万年之久的神奇的中国,在它面前,有一个灿烂的未来。

*

在结束时,我想满怀敬意地眺望一下这一未来。

我们已经看到了被我们称为"屏风之中国"的中国,然而这只是一种表象,是由我们那差异太大、太不和谐的目光所创造出来的。中国那么古老,它的迷信也是那么的古老!我们无法了解其起源。总之,我们不理解,而且我们非但不尝试着去理解,还对其大加嘲笑。事实上,所有令我们吃惊的东西,我们总是错误地以为它们是奇怪的、可笑的。但是,想象一下,当一个中国人看到我们并且不理解我们时,他也有权时刻觉得我们很可笑、很奇怪。所以,别再管"屏风之中国"了,抛开这种表象!……让我们面对强有力的现实。

第三章 在中国

中华民族完全没有衰退,因为它的人口一直在增加,而不是在减少,因为它的劳动能力从没有被削弱,因为它求知的好奇心总是在不断增强,因为它那神奇的活力一直不知疲倦。所以,别为眼前的无政府主义状态感到震惊。中国确实在这种状态中挣扎了十几二十年,然而,四十或五十个世纪以来,中国曾经历过十五或三十次更为可怕的动荡和最糟糕的骚乱。中国不会因为区区小事而分崩离析。布尔什维克主义能够将俄国打倒,并在几个季节之内使其处于最可怕的饥荒中。但是,即使是布尔什维克主义也无法对中国人有什么决定性的影响,因为不管是无政府主义还是暴政,都无法阻止中国人的劳动。这些失去首领、失去诸侯、失去政府的人,即使他们的国家无时无刻不受到军阀的破坏和颠覆——后者无休无止、冷酷无情地肆虐于整个王国中——,他们仍然继续如牛马般辛勤地劳动着,继续生活着,继续繁育着后代,仿佛什么事情都不曾发生过!在上海,在广州,在香港,在天津,商业如同十八省的农业一样,总是那么繁荣。在这之中有一种世界其他地区都不存在的力量储备。

这样一个如此强壮、如此勤劳、如此固执、在任何事情上都如此卖力的民族,一个通过数量惊人的秘密社团体现其政治生活的民族,一个活跃得从未停止过沸腾的民族,还会遭遇什么变数呢?任何变数恰恰都有可能出现。而且我坚持等待最伟大、最神奇的事迹在中国发生。在我们这个时代,我们相当幼稚地增加了商谈和会议的次数，在这些商谈和会议上，我们激化了我们的内部矛盾，我们甚至傲慢到因瓜分海洋——太平洋、大西洋及其他——而发生争执，在欧洲和美洲都是如此。此时，完全可以预见到一个人口更为众多、更为勤劳也更为智慧的民族——尽管表象上看不出来——上升到与我们并肩齐驱的那一天……可能还在我们之上！……事实上，如果这个民族登上舞台是为了给世界带来建立在其强力劳动和公正法律之上的更大的和平，我完全不会为这个民族叫作中国而感到遗憾。

第四章　中国人自画像

现在我要跟你们讲讲三四千年前的中国。事实上，三四千年前的中国可以相当合理地被称为现代中国，或者说当代中国，因为古老中国的历史还要久远得多！另外，中国是一个变化很少的国家。鲁迪亚德·吉普林曾说过：中国的历史长达数千年，它曾很出色（或很糟糕）地处理过那么多摩擦，因此希望它接受自身以外的其他习惯完全是多余的想法。

我想向你们展现一下这个自称"中土帝国"的国家的面貌，它从前一贯如此，它现在仍然如此……我想请求中国人向我们描述一下他们自己。几本书足矣，只要这些书选得好，而且千真万确是中国的。啊！这些肯定都是古书。因为在我看来，人们很难正确、公正地谈论太新鲜的事物；而且你们也想象得到，当谈论的是一个头脑似乎跟我们长得相反（洛蒂语）的民族时，那更是难上加难了。因此，在一个相当简短的会议上研究中国现代文学毫无意义，而且令人失望。我倾向回到过去，只跟你们谈谈我们手头拥有的最古老的中国文本。我想这样我就能更有趣、更准确地让你们看到真正的中国是如何形成的，以及真正的中国人是怎样的……当我说"真正的中国"时，你们不要误以为是"屏风之中国"，也不要误以为是轻歌剧和滑稽戏中的中国，而是另一个中国，真实、严肃的中国，也就是说那个有着四亿人口的国家。这四亿人干的活都比我们多，比我们好，而且努力的劲头更持久……总之，这个世界上独一无二的中国有着六千年的真实历史，而且，尽管它已六千岁高龄，却一点也不显得老朽，恰恰相反！因为它仍旧过着一种活跃的生活，比任何一个古老或年轻的民族都更为活力四射。

　　只是，在谈论中国文学之前，我们首先要尽量显得不那么学究气，同时还得稍微描述一下中国语法和哲学的几个基本概念。天哪！这一语言同所有欧洲、美洲、非洲或亚洲的语言都有着极大的差别！事实上，在我们这些野蛮国家，每个词的发音都是由几个被我们称为"音节"的音连在一起组成的，每个音节又由几个字母组成，或是元音，或是辅音，而元音和辅音一起构成了我们的字母表。中国人则像从前的埃及人一样，他们没有字母表，没有元音，没有辅音，也没有音节。如同每个埃及文字一样，每个中国字写下来或者更确切地说是画下来的时候，都是一个单独的方块字，一个单独的象形文字。这个字写出来之后，念起来是一个单独的音。

就是这样。大家要小心！他们对语言的看法正好与我们相反。在我们这里，言语活动是思想的形成和对其的语言表达。中国人则是从文字出发，最后到达思想，语音对他们来说只是附属性的。我们的出发点是口头语言，文字对我们来说只是语音的外形，没有其他意义。我们在书写时画下我们的喊叫声，后者模糊地表达了我们的情感。而中国人在书写时，则直接画下了他的思想，如同写生一般。他不是用羽毛笔，而是用毛笔象征性地勾勒出他想表达的事物，这幅画当然是图像式的，而且很快就得到了简化。这幅画，中国人称之为方块字，埃及人称之为象形文字。换句话说，人的每个想法都具体化为一个符号。这些在读书之前得先学会的符号或文字的数量自然大大地多于我们的"a、b、c、d"。不是二十六个字母，而是两万六千个，而且这还只是实际情况的三分之一。

然而，不要以为学习汉字只是一件伤脑筋的记忆活。不是的！汉字中也有字根，有合体字。

就像我们可以在我们的名词和动词词根上加上前缀和后缀一样，中国人也可以将他们的字根互相之间进行组合，这些字根最多只有两百五十个。将几个字根适当简化和组合后，就可以构成派生字。字体从简到繁，思想也随之从母题走向了分支……

下面是几个例子,让你们更好地理解我所说的。

人少女愛言門問悶

人　少　女　愛　言　門　問　悶
法文翻译：人　年轻人　女人　爱　语言　门　大使　忧伤

当要表示一个人时,人们会画两条倾斜的线,在上端汇合：这是行走中的人的两条腿。这个字念"ren"(请将其与阿拉伯语中的"djinn"进行比较,另外日语和印度语中也有"djinn"一词)……但是,我再重复一遍,语音根本不重要。要表示少年,我们只要画一笔,这一笔要以奇怪的方式弯曲,然后再横向画一笔与之交叉：这是简化了的伏在课桌上的学生,是正在学习的人。两个倾斜并相交的长音符[①]代表女人。如果想要写"爱"字,得把表示女人和表示少年的字并排放在一起——要么是夫妻之爱,要么是母爱……这两种假设都可以接受,而且都被接受了！……要写表示说话、语言的字,我们就粗糙地画一张嘴。要写表示门的字,我们就标出它的两页门扉。从简到繁,如果把"嘴"放在"门"下,

---

[①] 法语中的长音符为"^"。——译注

就意味着"外交官"：那个把他的话塞到别人门缝下的人……其他的组合还有：我先写下表示"心"的汉字，然后把它放到同一个表示"门"的汉字下，于是我就得到了"忧郁""忧伤""遗憾"……事实上，人们不也总是把心留在那扇在自己身后关闭的门的门槛上吗？

你们瞧，汉语除了展示一种语言、一种哲学之外，还展示了相对于我们语言的优越性。然而，与此同时，它自然也存在着很多劣势，其中最主要的是，要学好中文，得花费惊人的时间。

我是个很蹩脚的汉学家，尽管我花了相当长一段时间学汉语。我认识的汉字很少，也算不上是个文人。尽管如此，我还是要声明，汉语是唯一让人觉得学起来很愉快的语言，而且学习汉语从不会令人气馁，因为我们所掌握的每一个汉字不仅是一堂记忆课，而且还是一堂智力课，一堂融合智慧、思想、创造和嘲讽的课。知道"心"放在"门"下代表着"忧伤"的那天，我想起了自己的往事……想起曾当过水手的我，想起所有的告别，所有的出发，以及生命中那无尽的深深忧伤……

最后，我想汉语这一象形语言虽然不如我们的现代语言那样开放、传播得那样广泛，但它可能更适合于为数不多的真正的智者那神秘的思辨活动……

我们暂且不谈这个了吧。请注意，每个书写文字均能被全国十八个省份的十万文人所理解，有时甚至能够在国外——

例如在日本，被所有配得上"非野蛮人"这一称谓的外国人所理解。但是也请注意，每个字根据地点的不同——在北京、在广州、在海南或是在成都——有十八种极其不一致的发音。例如，这里人读作"xin"的字，那里人可能读作"pao"。

因为不要忘了所有的字都是单音节的：一个意义，一个声音。因此，汉语的另一特殊之处在于它充满了同音异义现象。两个差异很大的符号，两个没有任何联系、意义完全相反的字，它们可能拥有完全相同的发音……我举一个最先跳入我脑海中的例子："皇"字意味着"神圣的""庄严的""至高无上的"，写成另外一个读音完全相同的字时，则意味着"黄色"……我刚才已经说过了。你们会发现，无论如何，汉语中的同音异义现象比起我们的来有一种优越性，它显得不那么低俗，因为它在语音上做文章的同时，还能在语义上做文章。你们还记得缪塞和他那部优美的杰作《方塔齐奥》？……当公主指责小丑玩文字游戏时：

"啊！"方塔齐奥回答说，"同文字嬉戏是同思想、同行动、同存在嬉戏的一种方式，同其他方式一样。"

在中国，这一方式经常得到实践……而且，这一语言拥有一种韵律学，与我们的相差无几。那么多词读音一致，使得押韵变得非常容易。因此韵律很吸引中国诗人。我一会要念给大家听那些最古老文本的翻译，它们基本上都是押韵的。然而并非总是如此。押韵太过简单，真正的诗人不会对此产生兴趣。尽管他们不能够完全摆脱韵律,但他们通常都会忽视它。当然了,在中国跟在法国一样,一直存在着节奏这一真正的、根本的诗歌规则。中国诗句有我们法语中所说的音步。中国甚至有四音步诗,而且通常如此。这是必要的。想象一下中国音节的复杂和丰富程度吧,每个音节都是一个完整的词,单音节的,而且还包含了一种意义!四个音步对于诗句来说是丰盛的、合适的长度。有时会有五六个音步,但这已是极限了。

至于规则,也不是韵律学的,然而,请允许我这样说,如此的"韵律学"使它们充满了思想,以至于它们同我们的规则相差无几。一会我们就有机会证实这种情况。

但是,在谈论诗歌之前,我想先回到过去,不管有多含混,都得让你们了解中国哲学的源头。这一哲学只不过是一种伦理学,尤其不能被视作是一种形而上学,但它却是建立在深厚的、不可摧毁的基础之上的……我想向你们指出,这一哲学基础有多么牢固,多么经久不衰,它的每一条训诫在我们看来都是那么的现代。

我桌上有几本被中国人称为"书"和"经"的书。事实上,这是一种同义叠用,因为严格说来,只有"经"……是的,"经"……因为"书"是从"经"中抽取出来,供儿童和中等智力的人使用的章节,仅此而已。人们另外出版了它们,用以启迪和教育中国学生。为了教育儿童，人们自然会选择所能找到的最古老的版本，因此从语言学角度来说，"书"往往比"经"更难读懂。这些都不重要！我们不用管这些微妙之处。有些中国文章古老得不可思议，仅此而已。我记得一个星期前跟你们说过，在公元前8世纪[①]，中国诞生了一位举足轻重的人物——老子，他的作品出现在我们面前时已经非常含糊，而且其中的思想可能已经变得很贫乏。我曾把他叫作"通灵术之父"。这其实与他的真实身份相当接近。我们也可以叫他玄学之父。事实上，谁知道玄学、通灵术和迷信不是近亲呢？老子的作品一直没有被严肃地翻译成法文，也没有被严肃地翻译成任何语言。人们曾尝试改写它们……当时用的是德语，因为没有比德语更含混的方言了……结果甚至连改写都没有成功，也就是说，德语版的《老子》比中文版的更为含混。这并非无关紧要，因为如此一来，严肃地说，我们根本无法从中获得一点什么。但有一点可以肯定，这个"屏风之中国"，这个我要反对的，也是真正的中国有必要反对的中国，其最富戏剧性的迷信活动，老子要对其中的四分之三负起小小的责任。例如，当我在一本中国经典书籍中发现这个微妙的句子时："人们求助于龟和筮来预知未来，曰：'为日，假尔泰龟有常，假尔泰筮有常。'[②]"我完全相信老子是

---

① 应为公元前6世纪。——译注
② 语出自《礼记·曲礼上》。——译注

唯一要对这些延续至今的幼稚行为负责的人。

然而,事实上,我不得不承认,我们的女占卜师询问咖啡渣的习惯很可能来源于这篇文章。中国人同我们一样,在请巫师占卜时,希望从一些任意的形象中看到他们的未来,这些形象或由一束撒落的蓍草构成,或由一些任性的墨迹构成。人们将墨骤然间泼在龟壳底部,然后用火炙烤龟壳就得

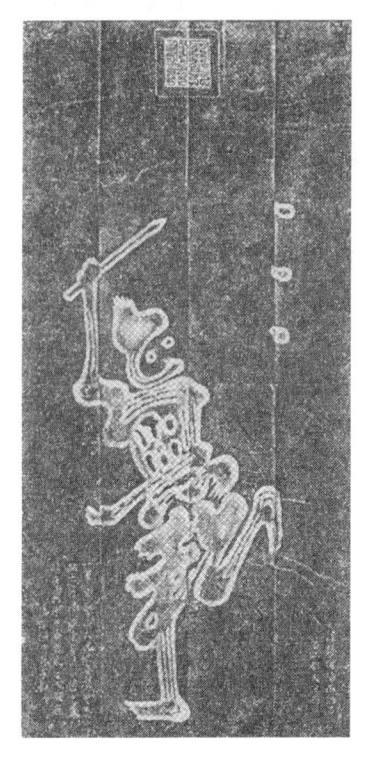

两幅魁星像(爱德华·沙畹考察团照片)

到了这些墨迹。中国的圣人从前就是这样预言人们的好运或劣势的。看到在截然相反的环境下出生的人因古怪的迷信而相遇，这是件很令人震惊的事。我很想探究个中原因，但我承认我的学识根本不足以解决这样的问题……

还是这些中国人，他们早在我们之前就已经是天文学家了，然而他们同我们一样，也相信在日食中看到了各种不同的征兆。他们这样做的理由比我们少，因为他们知道日食究竟是怎么回事。无知者认为日食会立即带来危害，这很有可能，然而智者也承认如此，就让人觉得有些奇怪了。但我在一本很古老的书——《诗经》上却看到这样的句子：

"十月之交……"

（请注意这个"交"字。当时的中国星象家完全知道日食起因于日与月的相合。因此，他们的迷信同野蛮人的迷信完全不同，后者认为日食是因为龙吞噬了月亮。不，他们知道究竟是怎么回事……）

"十月之交，朔月辛卯。日有食之，亦孔之丑。彼月而微，此日而微。今此下民，亦孔有哀。"[1]

当我看到这一如此智慧、如此理智、如此勤劳的民族在

---

[1] 语出自《诗经·小雅·十月之交》。作者在此处可能对"十月之交"这个句子的意义有些误解。作者在本章中引用了较多中国典籍，一般来说译者直接回译为典籍原文。如作者在引用之外还对典籍进行了阐释，译者会先按照法译文进行回译，再加注给出典籍原文出处，便于读者进一步查阅。下同。——译注。

很长一段时期,在几个世纪内持续着类似的迷信活动时,我总是会将责任归咎于某个人,而非某件事上。上帝保佑我没有诽谤老子。我没有深入研究过他的哲学,但我相信他是这些中国怪事的罪魁祸首。这些怪事是这个被人们过多嘲笑的"屏风之中国"存在的理由,但这个中国,请相信我,它不是真正的中国。

*

现在来看看中华文明中最伟大之人,被西方人称为孔夫子的孔子,他在公元前6世纪创立了一种伦理学,这一伦理学如此强大、如此健全,以至于两千六百年来,它的每一页书从未真正变得陈旧过。

中国有四本典籍是《大学》,即"博大的学习",《中庸》,即"不变的中间",然后是孔夫子同其弟子的对谈《论语》,以及《孟子》,孟子是孔子的信徒,晚于孔子一百多年后出生。

《大学》将一切都集中在一章之中,都集中在一句话上——几乎可以这么说!作为中国道德思想基础的《大学》,是世界上最简约的书籍:从繁追溯至简,从集体追溯至个人。就是这样。我给你们念一下这本书中最精华的句子,这样更方便一些。即使最精妙的分析也将是糟糕的,而不加修饰的文本则非常美,而且非常好:

"古之欲明明德于天下者,"孔子写道(因为是他写了《大学》),"古之欲明明德于天下者,先治其国;欲治其国者,先齐其家;欲齐其家者,先修其身;欲修其身者,先正其心;欲正其心者,先诚其意;欲诚其意者,先致其知。致知在格物,物格而后知至,知至而后意诚,意诚而后心正,心正而后身修,身修而后家齐,家齐而后国治,国治而后天下平。"①

注意最后一个字:"平"!这个字写于公元前五百多年。公元前519或524年! 在两千四百多年中,我们没能找到比这个字更好的表述了。

这一智慧出自最纯粹的理智,它显然会将人引向平衡。我们必须从这个意义上来理解"中庸"一

孔夫子(爱德华·沙畹考察团照片)
西安府碑林1734年石碑

---

① 语出自《大学》。——译注

词，在法语中，"中庸"即"不变的中间"。

事实上，孔夫子一直将这种"不变的中间"视为代表着真正完美的唯一境界。

"喜怒哀乐之未发谓之中，"他写道，"发而皆中节谓之和。中也者，天下之大本也；和也者，天下之达道也。致中和，天下位焉，万物育焉。……庸德之行，庸言之谨，有所不足不敢不勉，有余不敢尽……"①

人们问孔子："最喜欢哪个弟子？"

孔子说："这个从来都做得不够，那个总是做得太多。"

人们问："那么后者自然要好一点了。"

孔子说："过犹不及。"

子贡②去看了一年中最后一个祭礼，也就是春节，孔子对他说："子贡，你高兴吗？"

子贡回答说：

"当然不。举国上下的人都像丧失了理智一般。我不知道看到这样的场面有什么可高兴的。"

于是老师对他说：

"难道你不认为在强制百姓劳动三百六十四天之后，君王给他们一天的欢乐时光是很好的事吗？如果一直把弓拉得很紧而不松弛一下，那么无论文王还是武王（也就是周朝的建

---

① 语出自《中庸》。——译注
② 原文中为子路，译者根据《论语》原著都改为了子贡。——译注

立者）都无法长久地统治国家；如果一直使弓松弛而从不拉紧它，那么无论文王还是武王都不可能成为国王。"

谦虚、平衡、公正、不变的中间：这就是中国最早的书籍向我们揭示的坚不可摧的中国哲学。从中必然会产生一种令我们吃惊的理念，但它尤其因为谦虚的力量而令我们吃惊。

一天，子路问孔子，什么样的人是完美的人。老师严肃地回答：

"像臧武仲那么谨慎（臧武仲那么谨慎，因此总是显得犹犹豫豫），像公绰那么廉洁（公绰因为寻找账目上微不足道的错误而丢掉了性命），像卞庄子那么勇敢（卞庄子徒劳无益地被暴民杀害），像冉求那么有学问（即使雄辩的讼师也无法令他哑口无言），另外，他还要懂礼乐，这样的人就是完美的人。"

然后，他突然之间笑起来，补充道：

"现在，要成为完美的人，可能不必具备那么多品质……啊！那个面对利益仍然保持正义，面对危险而不逃逸，多年之后仍信守从前许下的承诺的人，我认为他有资格成为一个完美的人。"[1]

---

[1] 语出自《论语·宪问》，原文如下：子路问成人。子曰："若臧武仲之知，公绰之不欲，卞庄子之勇，冉求之艺，文之以礼乐，亦可以为成人矣。"曰："今之成人者何必然？见利思义，见危授命，久要不忘平生之言，亦可以为成人矣。"——译注

此人对他人都很温和，对自己却很苛刻。他尤其奉行谦虚的美德，这是最伟大的人所具备的最重要的美德。

"君子之道四，"他写道，"丘未能一焉：所求乎子以事父，未能也；所求乎臣以事君，未能也；所求乎弟以事兄，未能也；所求乎朋友先施之，未能也；……言顾行，行顾言，君子胡不慥慥尔！"[1]

还有一天，孔子对他的弟子们说：

"吾有知乎哉？无知也。有鄙夫问于我，空空如也。我叩其两端而竭焉。"[2]

他还将这种谦虚撒播到整片大地上。我想给你们念一段完整的对话，因为我觉得它特别美，特别有教益。同柏拉图一样，他也习惯跟他的弟子们谈话，向他们提问，并倾听他们的回答。一日，他同他最亲近的弟子子路、曾皙、冉有、公西华在一起，后者围坐在他的周围。

"请坦诚地跟我说话，"他对他们说，"不要把我当作你们的师傅。当你们在自己家里时，你们对自己说：'我是个默默无闻的人，别人不了解我的才能。如果别人了解我的才能，

---

① 语出自《中庸》。——译注
② 语出自《论语·子罕》。——译注

他们就会把重大的事情托付给我.'你们希望别人托付给你们什么事情呢？你，子路，你先来说。"

子路急忙回答：

"假如，"他说，"一个拥有千乘战车（你们瞧，坦克并不是一项现代发明！）的国王陷于另外两个非常强大的王国的奴役之下，假如他受到一支强大的军队的侵略，而且物资开始匮乏。如果我受命治理这个国家，我认为我能够激起人民的勇气，并且控制敌人、重建和平、伸张正义。"

老师看着子路笑了笑。

"你呢，求？"他问道，"你会做什么呢？"

"哦！"冉有回答道，"如果我能治理一个方圆只有五六十里的小国家，三年之内，我或许能令百姓过上富足的生活。至于礼乐，我将等待一个君子前来。"

这次孔夫子没有笑，他转向第三个人，并问他：

"那么你呢，赤？"

公西华回答道：

"哦！我不敢说我有能力，但这一直是我的野心……我想穿上黑袍，戴上黑帽，在祭祖仪式和宫廷仪式上担任小小的助手一职。"

这一次，孔夫子思量了一会。然后，他转向第四名弟子曾皙：

"你呢，点，你会做什么呢？"他问。

曾皙是个很特别的人,他总是在鼓瑟,即使是在老师说话的时候(人们常因此而指责他!)。曾皙放下瑟,瑟的琴弦还在振动……曾皙起身,施礼,并回答说:

"我不敢苟同其他三位弟子的理想。"

老师说:

"你觉得有什么不妥吗?每个人都有权表达自己的想法。"

于是曾皙接着说:

"哦!在暮春,当这一季的新衣做好之后,我想与几个跟我同龄、几个比我年长的人一起去沂水边,用温和的泉水洗手洗脚,在树下呼吸新鲜空气、吟诗作赋,然后归来,因为我觉得自己只擅长做这些。"

老师叹了口气,说:

孔子得意门生之一——颜回像
(爱德华·沙畹考察团照片)

"我赞同你的想法。"①

*

孔子最渴望的,是每个个体都能够尽可能达到完美,因为他深信要使王国臻于完美,没有比这更好的途径可以设想。然而,他也没有忽视宗教,尽管当别人问他如何看待死亡时,他总是如此作答:

"未知生,焉知死?"②

尽管如此,当他病重,他的弟子们问他是否需要进行类似我们这里的临终祷告时,孔子想了想,回答说:

"你们认为有用吗?那就做吧……我们得做祖先做过的事。"

---

① 语出自《论语·先进》,原文如下:子曰:"以吾一日长乎尔,毋吾以也。居则曰:'不吾知也!'如或知尔,则何以哉?"子路率尔而对,曰:"千乘之国,摄乎大国之间,加之以师旅,因之以饥馑,由也为之,比及三年,可使有勇,且知方也。"夫子哂之。"求,尔何如?"对曰:"方六七十,如五六十,求也为之,比及三年,可使足民。如其礼乐,以俟君子。""赤,尔何如?"对曰:"非曰能之,愿学焉!宗庙之事,如会同,端章甫,愿为小相焉。""点,尔何如?"鼓瑟希,铿尔,舍瑟而作,对曰:"异乎三子者之撰。"子曰:"何伤乎?亦各言其志也。"曰:"莫春者,春服既成,冠者五六人,童子六七人,浴乎沂,风乎舞雩,咏而归。"夫子喟然叹曰:"吾与点也!"三子者出,曾皙后。曾皙曰:"夫三子者之言何如?"子曰:"亦各言其志也已矣!"曰:"夫子何哂由也?"曰:"为国以礼,其言不让,是故哂之。""唯求则非邦也与?""安见方六七十,如五六十,而非邦也者?""唯赤非邦也与?""宗庙会同,非诸侯而何?赤也为之小,孰能为之大!"——译注

② 语出自《论语·先进》。——译注

"祖先做过这样的事。"所有的弟子齐声回答道。"在极其危难的情况下,必须向天上地下的神灵祷告。"

"哦!"孔夫子说,"如果说是在自己内心深处敬仰和恳求天上地下的神灵,那么我一生都在祷告。"①

这一哲学是那么理智、那么公正、那么高贵,所以,尽管它产生于二十五个世纪之前,我敢说今天我们所有人还在尝试实践它。

以上我们介绍了中国的道德思想……

*

为了让你们了解中国人,我还想从原则过渡到特殊——如果可以这么说的话,向你们展示一下这一极其严格的道德准则对中国习俗的影响。

中国有一本很重要的书,叫《礼记》,它是中国"五经"之一,值得我们仔细研究一下。除了《礼记》,还可以再加上一本更为简单的书——《诗经》,即关于诗歌的书。如果你们问我,为什么在所有书中偏偏对这两本青睐有加,我可以向你们转述一下孔夫子本人关于这个问题的看法。孔夫子说:

"入其国,其教可知也。其为人也温柔敦厚,诗教也……

---

① 语出自《论语·述而》,原文如下:子疾病,子路请祷。子曰:"有诸?"子路对曰:"有之。诔曰:'祷尔于上下神祇。'"子曰:"丘之祷久矣。"——译注

恭俭庄敬，礼教也。"①

在为我的同胞写作时，我没有去别处寻找根源！

《礼记》是一本关于礼仪的非常古老的书。我们无法确知它的源头，它或许可以追溯至第三个朝代，即统治时间为公元前12世纪至公元前2世纪②的周朝；某些文章可能更为古老。尽管第四个朝代——秦朝的第一位皇帝命人烧掉了所有古书，活埋了所有读书人，在秦王朝灭亡之后，也就是大约五十年后（因为秦朝持续的时间很短），我们仍然能够勉强在文人的记忆中找到所有这些古书的痕迹。因此，我们手头的文章尽管不是原始文字，但提供了保障其真实的所有可能。这本书明确规定了一个中国人从出生到死亡必须做的事：出生，学习，结婚，离婚（如果发生的话），家庭关系，社会关系，君臣关系，最后是死亡和葬礼。不过我们会把死亡和葬礼这个特别阴郁的话题搁在一边。

*

首先应该看到的是，尽管上述所有仪式在我们眼中必然会显得很特殊，甚至有些古怪，同我们的一切习惯相去甚远，但它们都朝着一个目标努力，这个目标不是别的，正是公正

---

① 语出自《礼记·经解》。——译注
② 周朝应为公元前11世纪至公元前206年。——译注

与和平，正是社会的平衡。

在《礼记》第二页，我能够读到这些基本准则：

"临财毋苟得，临难毋苟免，很毋求胜，分毋求多，疑事毋质，直而勿有。"①

请注意，所有这些原则中，没有一个词，没有一个音节不适用于我们这些生活在公元20世纪的人，仿佛这一切都不是出自约十个世纪之前。没有多少文明能够表现出这样一种持续性，这样一种规律性，这样一种智慧，这样一种由努力获得的平衡！

让我们来看看这一中国式教育究竟是怎样的：

"六年，教之数与方名。七年，男女不同席，不共食。（中国不推崇男女生混合学校！）八年，出入门户及即席饮食，必后长者，始教之让。九年，教之数日。十年，出就外傅，居宿于外，学书计（也就是学汉字，因此在学习阅读的同时也学习哲学），衣不帛襦袴，礼帅初，朝夕学幼仪，请肄简谅。"

"三十而有室，始理男事，博学无方，孙友视志。四十始仕，方物出谋发虑，道合则服从，不可则去。五十命为大夫，服官政。七十致事。"

"女子十年不出，姆教、婉、娩听从，执麻枲，治丝茧，

---

① 语出自《礼记·曲礼》。——译注

织纴、组、紃，学女事，以共衣服。观于祭祀，纳酒浆、笾豆、菹醢，礼相助奠。十有五年而笄（专门针对达到婚嫁年龄的女孩），二十而嫁。"①

尽管如此，不要以为婚姻是一桩无足轻重的事。最好的例子，莫过于向你们指出君主本人应遵守的规矩：

"天子，"《礼记》指出（第一章第二部分第二条），"天子有一位第一等级的妻子，三位第二等级的妻子，二十七位第三等级的妻子，九位第四等级的妻子，八十一位第五等级的妻子和无数位第六等级的妻子。"②

啊！这就是皇帝啊！

如果你们认为这样会导致女性受歧视，那你们可就错了！……因为即使发生最糟糕的事，即使离婚变得不可避免，人们还是会以谦恭的姿态去完成这件事。如果我们能从中受点启发，将会受益无穷。

例如，一个诸侯休了他的正室，后者返回娘家时，摆出的仍然是王侯妻子的排场。到家时（也就是到她父亲家时），她仍然得到如王侯妻室那样的接待。由丈夫派去的跟随她回家的使者代表丈夫说：

---

① 语出自《礼记·内则》。——译注

② 语出自《礼记·昏义》，原文如下："古者天子后立六宫、三夫人、九嫔、二十七世妇、八十一御妻，以听天下之内治，以明章妇顺，故天下内和而家理。"——译注

"鄙主公不够英明，无法同这位不可多得的女子一起，侍奉地上的鬼神和祖宗的亡灵。小人某是他的使徒和奴仆，身份卑贱，奉他之命，斗胆向贵府的大人们报告此事。"

奉父亲之命接待这位使者的官员们就回答：

"这是我等的过错。婚前通信时，鄙主公未将郡主可怕的缺点告知你们。情形之下，吾等只能恭敬地把她从您手中接过来。"

说完这些话之后，人们把花瓶和其他器皿连同所有嫁妆一起归还给了宫殿里的官员们。

如果事情发生在一个不那么显赫的家庭里，结果还是一样的。例如一个小官在休妻时也会派一个使者跟随，并以他的名义说：

"某某，我的主人，不够英明，无法同这位不可多得的女子一起敬奉祖先。嘱我告知你们此事。"

屋子的主人，年轻女人的父亲于是就回答说：

"小女资质愚钝，本人未能及早告知，实不可恕。"

既然要离婚，为什么不做得谦恭一些呢？这些古老的中国人很有道理……

所有这一切可能显得有些幼稚，而且很形式化；然而，这些形式适用于任何地方，而且不会忽略公平——在这个词最严格和最严厉的意义上。一些地位较高甚至很高的人物经常会犯错或犯罪,但他们有时会逃脱应有的惩罚。《礼记》预见了这样的情况,指出在类似情况下,罪犯的身份不应该影响判决的执行。当君主的某个亲戚犯下了很严重的罪行时,是农村的官员而不是城市的官员负责在城墙之外的荒郊野外行刑,以便将丑闻减小到最低程度。审判结束后,法官前去将判决告诉君主,如果罪以致死,他就会说:

"某某犯罪,该处以死刑。"

君主回答说:

"请免某某一死。"

因为君主没有豁免权,唯有法官才能行使豁免权。于是法官又重复了一遍:

"犯人罪该万死。"

君主又一次请求豁免罪犯;法官又一次重复犯人罪该万死。当君主第三次请求豁免权时,法官就一声不响地出去,并命人立即执行了判决。于是,君主派了一个官员前去跟法官说:

"判决很公正,但我请求饶恕犯人。"

于是法官回答说:

"很遗憾,已经太晚了!"

*

要批评这样的习俗实在太难了！事实上，假设它们确实存在过，并且曾得到规范化，这一假设对写这些书的人来说，对通过这些传统让我们变得永恒的人来说，无疑是一种特殊的荣耀。

幸运的是，地球上不仅有罪犯，还有无辜的人，我们要做的，尤其是要防止无辜的人成为罪犯。中国人定下了以下这些针对无辜者的小规矩：

"男不言内，女不言外。非祭非丧，不相授器。其相授，则女受以篚，其无篚，则皆坐奠之而后取之。外内不共井，不共湢浴，不通寝席，不通乞假，男女不通衣裳。内言不出，外言不入。"①

多么严厉的规矩！但是，这已经是很久以前的事了……也许那个时代需要这样，假设在我们的时代，这样做不会显得更为有利的话！

*

最后再来看看最终极的记述，关于死亡的记述。这两本重要的书有一半在讨论丧葬仪式。我绝不是想让你们感

---

① 语出自《礼记·内则》。——译注

到难受；然而，为了向你们指出，某个国家某种整顿得非常好的纪律必然也包括生命的最后一刻，我可以告诉你们，在谈论某人去世时，如果是天子，人们会说"他像山顶一样崩塌了"，如果是诸侯，人们只说"他轰隆一声倒下了"，如果是士大夫，人们则说"他走到了事业的尽头"，如果是士兵，则说"不再接受俸禄"，如果是个普通百姓，则简单地说"他死了"。①

然而，这一从出生一直谈到死亡的纪律，《礼记》甚至要将其应用于自然界，以下是那个时期的中国如何迎接春天到来的情景：

"孟春之月，日在营室，昏参中，旦尾中，其日甲乙……"

"……其虫鳞……"

（一个细节：春天的第一个月不像你们可能会认为的那样是三月，而是一月，中国人在计算四季时比我们提前了两个月。）

"其数八，其味酸，其臭膻……"

"其祀户，祭先脾。"

"东风解冻，蛰虫始振，鱼上冰，獭祭鱼（我认为它会留给自己！），鸿雁来……"

"天子居青阳左个，乘鸾路，驾仓龙，载青旗，衣青衣，

---

① 语出自《礼记·曲礼》，原文如下："天子死曰崩，诸侯曰薨，大夫曰卒，士曰不禄，庶人曰死。"——译注

服仓玉，食麦与羊，其器疏以达。"

"是月也，以立春。先立春三日，大史谒之天子，曰：'某日立春，盛德在木。'"

"天子乃齐。立春之日，天子亲帅三公、九卿、诸侯、大夫以迎春于东郊。还反，赏公、卿、诸侯、大夫于朝。"

（在一月一号左右给那些称职的官员授勋，这一惯例不是今天才开始有的……）

"命相布德和令，行庆施惠，下及兆民。庆赐遂行，毋有不当。乃命大史，守典奉法，司天日月星辰之行，宿离不贷，毋失经纪，以初为常。"

（这些令人吃惊的天文学规定已经有四千年历史了，然而即使是今日在我们的天文台工作的人，对此也没什么可补充的。）

"是月也，天子乃以元日祈谷于上帝。乃择元辰，天子亲载耒耜，措之于参保介之御间，帅三公、九卿、诸侯、大夫躬耕帝藉。天子三推，三公五推，卿、诸侯九推。反，执爵于大寝，三公、九卿、诸侯、大夫皆御，命曰劳酒。"

（祝酒的习惯不是今天才有的！）

"是月也，天气下降，地气上腾，天地和同，草木萌动。……孟春行夏令，则雨水不时，草木蚤落，国时有恐。行秋令，则其民大疫，猋风暴雨总至，藜、莠、蓬、蒿并兴。

行冬令,则水潦为败,雪霜大挚,首种不入。"①

这一有着四千年历史的、甚至应用于四季变化的法则是一条美丽的、神秘的、充满哲理的法则。写下这条法则的人必然都是诗人。

*

再来看看他们的诗歌吧。

中国古代的《诗经》无疑是世界上最古老的诗歌,有不少证据可以证明这一点。

公元前214年②,第四个朝代的首位皇帝秦始皇命人烧毁了所有的书;五十年后,当幸存下来的文人试图重现它们时,最容易回想起来的自然是那些诗集。它们在所有人的记忆中被传唱。因此在《诗经》中肯定能找到公元前17世纪的诗歌。即使是目前在国王谷刚刚发掘出来的埃及法老的坟墓中,也找不到比这更古老的东西了。古埃及向我们提供了更值得崇敬的文本,但它们的价值可能就没那么重大了,因为古埃及已经灭亡两千多年了,是奥古斯都最终消灭了它。与此相反的是,古中国还存在着。随便一个北京人或广州人都能公正合理地宣称自己是汉族人,也就是生活于二十或五十个世

---

① 语出自《礼记·月令》。——译注
② 应为公元前213年。——译注

纪之前的中国人的后代。这之间没有断裂，在如此久远的过去和最当下的现时之间没有裂痕。一直是同一个中国。因此，《诗经》中的诗歌将我们带到了这个民族最遥远的青年时代，而这个民族是世界上唯一一个从整体上看奇迹般古老又奇迹般充满活力、生机和未来的民族。

然而，在《诗经》中，并不是所有诗歌都源自公元前17世纪，只有其中几首真正属于原始时期，其他诗歌则是在周朝编写的，大约在公元前12、前10和前8世纪。但是仔细算来，这也是在荷马的时代。

在那个时期，正如在我们这个时代，诗歌有三种重要的表达方式：描写（你们瞧，我们的浪漫主义者并没有发明创造什么东西！），比喻（在文艺复兴时期，比喻在我们国家甚为流行，龙萨给我们留下了很多优美的例子），最后，是直接评述，是印象，是心理学，是精神状态，是感觉……而感觉是文学的现代精神。

*

我想从一个颇具历史性的描述开始，向你们大致展现一下三十个世纪之前的狩猎场景：

"驷驖孔阜，六辔在手。公之媚子，从公于狩。奉时辰牡，辰牡孔硕。公曰左之，舍拔则获。游于北园，四马既闲。

辎车鸾镳，载猃歇骄。"①

这像极了我们法国人的某次狩猎归来。

但是，不管描写有多么激动人心，不管比喻显得多么巧妙——我就不强迫你们看了——，任何时代、任何国家的诗歌往往更多地是从一种更为丰富、更具吸引力的源泉中去寻找灵感，这一源泉便是感觉，是精神状态……而哪一种精神状态比爱情更能予人以启示呢？以下便是中国古老的爱情诗。我们首先会看到，在一个特别开化的王国中，贞德理所当然地占据着崇高的地位。

"南有乔木，不可休思。汉有游女，不可求思。汉之广矣，不可泳思。江之永矣，不可方思。"

"翘翘错薪，言刈其楚。之子于归，言秣其马。汉之广矣，不可泳思。江之永矣，不可方思。"

"翘翘错薪，言刈其蒌。之子于归，言秣其驹。汉之广矣，不可泳思。江之永矣，不可方思。"②

*

然而，不管她有多贞洁，爱情有时还是会令她不能自已。写下如下这首诗的诗人肯定是个堕入情网的人：

---

① 语出自《诗经·秦风·驷驖》。——译注
② 语出自《诗经·周南·汉广》。——译注

"静女其姝,俟我于城隅。爱而不见,搔首踟蹰。静女其娈,贻我彤管。彤管有炜,说怿女美。自牧归荑,洵美且异。匪女之为美,美人之贻。"①

正如在今天一样,在那个遥远的时代,相爱的人也因为分离而痛苦不堪。

"彼采葛兮,一日不见,如三月兮!"

"彼采萧兮,一日不见,如三秋兮!"

"彼采艾兮!一日不见,如三岁兮!"②

在这首如此古老的歌谣中,有一种无比现代的忧郁情绪!

然而,爱情始终不是一种非常可靠的情感,有时需要对它保持警惕。在《诗经》中,我最喜欢其中一首歌谣,在这首诗歌中,一位老诗人以嘲讽的口吻,给年轻女孩提出了最严肃的忠告……让我们来听听他是怎么说的。这里自然是一个少年在说话:

"爰采唐矣?沫之乡矣。云谁之思?美孟姜矣。期我乎桑中,要我乎上宫,送我乎淇之上矣。"

"爰采麦矣?沫之北矣。云谁之思?美孟弋矣。期我乎桑中,要我乎上宫,送我乎淇之上矣。"

"爰采葑矣?沫之东矣。云谁之思?美孟庸矣。期我乎桑

---

① 语出自《诗经·邶风·静女》。——译注
② 语出自《诗经·王风·采葛》。——译注

中，要我乎上宫，送我乎淇之上矣。"①

稍微有些轻佻的形式下隐藏的是极具智慧的教训！这一教训可能被某个女孩很好地吸取了，于是她写了如下三节诗歌：

"将仲子兮，无逾我里，无折我树杞。岂敢爱之？畏我父母。仲可怀也，父母之言，亦可畏也。"

"将仲子兮，无逾我墙，无折我树桑。岂敢爱之？畏我诸兄。仲可怀也，诸兄之言，亦可畏也。"

"将仲子兮，无逾我园，无折我树檀。岂敢爱之？畏人之多言。仲可怀也，人之多言，亦可畏也。"②

*

这些诗歌已有将近三千年的历史了。刚才我说过，《诗经》中的确有一些诗歌，它们的历史可以追溯至最远古的时代，即公元前 17 世纪。两千五百年后，在公元 8 世纪的唐朝，中国出现了可能是其历史上最伟大的诗人，至少其中两位配得上这一称呼，这两位就是李太白和杜甫。我们可以大胆地将其同我们西方最伟大的诗人，同缪塞、龙萨相提并论。我想先向你们展示一首无限古老的诗歌，然后再展示李太白

---

① 语出自《诗经·鄘风·桑中》。——译注
② 语出自《诗经·郑风·将仲子》。——译注

和杜甫的最现代的诗句。你们应该立即就能看到中国文明所走的道路和它那奇迹般的延续性。

首先是一段可以追溯至第二个朝代，也就是约公元前17世纪的叙述。在那个时期，商取代了夏。根据传说，商朝开国君主的母亲某天在睡觉时，一颗燕子蛋落入了她张开着的嘴巴里，不久之后，国王就出生了。

邹县——孟庙主建筑（爱德华·沙畹考察团照片）

老迈的诗人说："天命玄鸟，降而生商，宅殷土芒芒。古帝命武汤，正域彼四方。"①

---

① 语出自《诗经·商颂·玄鸟》。——译注

"陟彼景山，松伯丸丸。是断是迁，方斫是虔。松桷有梴，旅楹有闲，寝成孔安。"①

这是一部真正的史诗，最庄严的史诗！

下面是比它晚二十五个世纪的诗歌：首先是李太白的诗歌……

李太白是一位纯粹的抒情诗人，我们可以将他与我们的缪塞相提并论……特别是，同缪塞一样，李太白不但是位出色的灵感派诗人，同时也以为人所熟知的澎湃激情著称。但是，面对他那极其纯美、极其热诚、极其高贵尤其是极其自然的作品，我们从来都不会无动于衷。

下面是李太白的诗句：

"若耶溪傍采莲女，笑隔荷花共人语。日照新妆水底明，风飘香袂空中举。岸上谁家游冶郎，三三五五映垂杨。紫骝嘶入落花去，见此踟蹰空断肠。"②

*

接下来，是关于哲学的：

---

① 语出自《诗经·商颂·殷武》。——译注
② 李白：《采莲曲》。——译注

李白对他的君主①说道："君不见，黄河之水天上来，奔流到海不复回。君不见，高堂明镜悲白发，朝如青丝暮成雪。……"

"烹羊宰牛且为乐，会须一饮三百杯。……古来圣贤皆寂寞，惟有饮者留其名。"

在我们国家有与之相媲美的东西吗？或许在龙萨的诗歌中能找到吧！

现在再来看看杜甫。杜甫是李太白的同时代人，据说也是他的朋友。这是个截然不同的人物，似乎完全是一个放浪形骸的人的反面。同奥维德一样，杜甫因某些神秘的原因被皇帝流放，而他从未屈膝求饶。他死于流放途中。当人们问他"为何不同君主说话"时，他总是回答："说什么呢？我已同他说过他错了。"

至于他的诗歌，让我们来听听吧：

"溪回松风长，苍鼠窜古瓦。不知何王殿，遗构绝壁下。阴房鬼火青，坏道哀湍泻。万籁真笙竽，秋色正萧洒。美人为黄土，况乃粉黛假。当时侍金舆，故物独石马。忧来藉草坐，浩歌泪盈把。冉冉征途间，谁是长年者。"②

---

① 《将进酒》是李白写与友人的诗歌，作者或诗歌的法文译者可能误将"君"作"君主"解了。——译注

② 杜甫:《玉华宫》。——译注

下面是杜甫的《秋兴》,令人想起奥维德的《悲伤集》。

"画省香炉违伏枕,山楼粉堞隐悲笳。请看石上藤萝月,已映洲前芦荻花。"

(你们还记得奥维德在康斯坦察①的情景吗?)

"千家山郭静朝晖,日日江楼坐翠微。信宿渔人还泛泛,清秋燕子故飞飞。"

西方所有浪漫主义者的想象力也仅止于此。尽管他们常常在自己作品中使用非常响亮的词汇来夸大这种深刻而揪心的忧伤,但后者并没能显得更为惊心动魄。因为这些词往往更容易破坏情感,而不是提升它……

这就是中国古代文化——古典和封建时期的……

啊!很多年来,我一直在世界各地游荡,对于跟我有来往的所有人和民族,我几乎有着同样的喜欢。事实上,除了一些很容易就能受到谅解的缺点,他们都有着珍贵的品质……我尤其喜欢穆斯林,他们是那么勇敢,那么忠诚,那么宽容,尽管他们有着正好与之相反的、很不公正的名声。我喜欢居住在我们法属非洲境内的黑人。一种恬不知耻的宣传将他们视作残暴的蛮族,事实却正好与此相反:他们都是善良、温和、淳朴的人,比起我们有过之而无不及,因为他们更为原

---

① 康斯坦察(Constanza),罗马尼亚港口城市,奥维德曾被流放到此地。——译注

始,更接近儿童时代的人类。我也喜欢亚洲和美洲的种族,不管他们是原始的还是高雅的,是复杂的还是简单的,因为所有或者说几乎所有这些种族都很诚实好客而且信守诺言。但是,世界上还有一个民族,在这个民族身上,我首先感受到了上述所有基本品质:本质上的正直,极度的忠诚,以及一种耐心的英雄主义……除此之外,他们还具有一些更为稀有、更为特殊的品质:一种对死亡如此强烈的蔑视,以至于我们这些西方人从来无法很好地理解他们;一种前所未见的充满哲思的宁静;以及最令人赞叹的智力和道德深度。所以,我喜欢这个民族——中华民族,不仅如此,我还崇敬这个民族,欣赏这个民族,正如我崇敬一位不断超越自我的老者。他不仅保留着所有活力、所有精力、所有智力,还有着长达六千年之久的智慧。事实上,这就是中华民族,世界民族之林中的一个古人、一位大师和一种榜样。

第五章 古日本

我突然摇身一变，成为一位教授了！既然我答应要同你们讲讲日本，那么我要做的，总之就是给你们上一堂日本历史课！我尽量把它上得不那么枯燥。但是，我真担心我只能勉强做到……

我还清楚地记得，小时候，我曾在一户人家的壁炉上看到过一对很漂亮的绿色瓷花瓶，上面有许多人物；还有一对很漂亮的金色瓷花瓶，上面也有许多人物。一对是中国的，另一对是日本的。这是我对中国和日本的最初的基本认识。

对于孩提时代的我来说，有三个国家代表着世界的尽头：中国、印度支那和日本。当我那去过这三个地方的父亲跟我讲起它们时，我仿佛在地平线那头看到了某些非常遥远、非常神秘的东西，与我、与我们这些可怜、乏味的欧洲人所知道的一切大不相同。于是我立刻就产生了想要去那里的强烈渴望，正如我父亲曾到过那里一样。之后，当我成为一名大男孩之后——一个五岁左右的大男孩，命运将我带到了海港城市马赛。那时,包括现在,有很多远洋长途邮轮从马赛出发。每个月的第一个星期天,我总不会错过在早上十点去看一艘黑白相间的巨大邮轮从若丽埃特船坞深处驶出。这艘船就是远东邮轮。我先上船参观,从艏柱一直到艉柱,尤其对它那服务周到的餐厅为乘客提供的第一顿饭菜赞叹不已,这些人一开航就开始吃中饭。当钟声敲响时,我就下船,飞快地跑到堤岸的顶端,靠近灯塔处,看着这个巨大、迅捷的旅行者经过、远去。我多么希望自己能在船上啊!后来,我真的上去了……

对于所有人来说,中国不仅仅是瓷器、漆器、象牙的故乡,对此我们已经谈论过了。至于日本,尽管更为遥远,但它显得不那么神秘,唯一的原因,就是它更为年轻,而且年轻得多!我们今天要研究的这个国家——当然只是简单地研究,它几乎与我们法国是同时代的。

日本是由四个岛屿组成的群岛,整个国家的面积同大英列岛的总面积差不多。这四个岛屿是:九州(即九个省),四国(即四个国家),作为主岛的本州,和最北面也最不具吸引力的北海道。太恶劣的气候不允许文明在此地真正得到建立。

最初居住在这个国家的是一个现在业已消失的人种,关于他们,我们一无所知。他们留下了两三座建筑,近似我们那些非常古老的布列塔尼建筑、卡尔纳克石像群和洛克—玛利亚的石棚。在佐世保建造海军兵工厂的工程师们在一块土地上发现了三四块竖立着的石头,他们本来准备在这里安置电流,或是蒸气泵,或是大垫块——我不记得确切是什么东西了。这些人极其虔诚、毕恭毕敬地对待了这些石头。在日本,甚至是在今天,人们对那些古老的东西仍旧充满敬意……

除了这些石头,这个原始人种没有留下任何东西。它已经完全成了过去。

在此之后,另一个种族来到这里,对于他们,我们知道得清楚一些。这一人种是白人,懒散的、长胡子的高大人种,同我们通常所说的俄罗斯人种很接近。这一人种就是阿伊努人。从前,他们曾占据了整个日本。但是,今天的日本人来自南方,他们逐渐将阿伊努人从九州驱逐到四国,之后到本州,之后到北海道。此时,通过很多传说,史前史开始显现。起初,它自然是非常象征化的。这一史前史随后产生了原始宗教,即日本神道。

太阳女神——天照大神来到日本,发现这个国度很美,就在此定居。她的弟弟须佐之男杀死了米诺斯①(因为日本也曾出现米诺斯,同在克里特岛一样!)。在米诺斯的尾巴里,须佐之男找到了一把宝剑。通过其他途径,他还找到了一面镜子和一块玉。这块玉不是别的什么,就是朝鲜的象征,两

---

① 根据日本传说,须佐之男杀死的是一条长有八个头、八条尾巴的八歧大蛇。根据上下文,米诺斯在这里应作怪兽解。——译注

个交缠在一起的逗号,哲学性地代表着世界起源于两种元素,或者也可以理解为两种性别的融合……神秘的是,这其中包含着一种关于起源的思想,这是迄今为止我们在日本传说中发现的唯一一处蕴含这种思想的地方。

这三件极其珍贵的宝物:宝剑、钩玉和镜子在世纪交替中得到了保存。然而,从龙的尾巴中找到的宝剑后来消失了,它在1185年的一次战争中被扔进了大海。此处,传说同历史是吻合的。

从这一时期开始,日本出现了为我们所知的最早的诗歌。从这一时期?呃……很抱歉,我无法告诉你们是哪个时期!诗歌由围绕同音异义词进行的四个文字游戏组成:人们在"云"和"墙"两个词上作文章,这两个词可能具有同样的读音。据说,这些词连在一起,一则构成了天,一则构成了洞房。墙叠合在一起,事实上形成了房屋,而云则形成了天。你们可以随意想象:我难以解释得更为清晰。这就是最古老的日本诗歌。如你们所见,它非常象征化,因为它来源于书写它的表意文字。注意,是汉字!然而,在那个时期,中国人已经有了他们的《诗经》,而且《诗经》已经存在多个世纪了。大家想一想从前日本同中国的距离吧。不过不要紧,所有这一切都离我们太远了!……

*

这些不知从何而来的日本人（我认为他们来自马来亚或波利尼西亚，总之从海上而来。跟某些学者声称的正好相反。我自然坚信那些学者错了，而我是对的。你们自己选择吧！）从南方来到了九州和四国。（如果他们不是来自海上，那我就想不通为什么他们是从南部登陆的！但是，这里不是讨论也不是争议的场所……对不起！）因此，在6世纪，新来的日本人还只是占据了日本两个最小的岛屿：长崎所在的九州，和比九州更小的四国。那个时期，他们肯定同白种、长胡须的高大的阿伊努人有过冲突。

日本传说告诉我们，那时，日本由一些半神统治——一些"忒修斯"和"海格利斯"（我们在前面已经看到，他们中的一个杀死了米诺斯）。传说他们将这些人称为"神"。

同阿伊努人的战争最初打得难舍难分。最后，通过一种类似背叛的行为获得了胜利。在无论哪个民族的历史的开端，我们都会看到这样的背叛：对方首领被邀请来，一个女人用"清酒"（稻谷做的烧酒）将他灌醉，并在跳舞过程中，或趁他睡着时将他杀害。这也是朱蒂特和奥勒非的故事，或者其他你们所能想象得到的故事。

稻谷做的烧酒——清酒——在那时就已经被酿造了。但是，中国皇帝尧，即那个疏通长江、黄河等大河的皇帝，在距此四千多年前就已经会酿造这种酒了。另外，这种酒最多只有我们欧洲的波尔图甜葡萄酒的烈性。让我们向亚洲致敬，在欧洲人还没有干扰他们的事务之前，他们从不酗酒。

于是，厌倦半神的日本人（正如在欧洲一样！）开始给自己设立皇帝，即天皇，他们是太阳女神天照大神完全合法的后裔，有完美的族谱可循。因为在当时，天皇有时是个很年轻的男子，于是人们很快就给他配了个助手，军事领袖、大将军，或者宫廷总管——如果你们想这么叫的话……（此时我们已完全处于墨洛温王朝时期了！……）这位宫廷总管后来被称为"幕府将军"，意即征战大将军。（威廉二世没有任何创新可言！）

之后他们征服了本州，也就是日本最大的岛屿。战争结束后，阿伊努人被赶到了北方的岛屿——北海道。至今他们还生活在那里。人们在此地放了他们一条生路，而历史则拉开了帷幕。

然而，日本只有四个岛，幅员并不宽广。它的邻居——辽阔的亚洲向它伸出了一个很大的半岛，面积几乎是日本的一半，即朝鲜半岛。想象一下欧洲向英国伸出一个比日德兰半岛大两倍的丹麦半岛：情况大概就是这样的。自然地，日本人和朝鲜人之间曾有过直接冲突，正如 14 世纪在法国领土上也曾有过英国人和法国人的冲突。朝鲜战争爆发，规模庞大，对当时的人来说当然很不幸……而对后继者来说却是幸运的……所有的战争都不可避免地会出现这样的结果……① 人们开始相互残杀,人们最终相互了解,相互沟通,交换无数东西,而这些东西之于共同的进步和幸福是根本的。

我知道一个相当有趣的当时的日本传说:吉备君② 的故事,吉备君仅仅意味着"那个叫吉备的人"。这个吉备去中国旅行过很多次,其间偷了中国人三样东西。当时已经很老迈的中国拥有这三样东西,而当时还是个年轻民族的日本需要这三样东西。你们可以评判一下这种需求是否真实:第一样东西是历书。当时,知识已经非常渊博的中国人同我们一样,将一年分为十二个月亮月,三百六十五个太阳日。人们向吉备解释了这些东西。吉备对此了解得太深入了,以致被关进了监狱,后来靠赢了一盘象棋才重新获得了自由。

第二样东西是狐狸。千万不要以为只是像诺亚那样,简单地将一对狐狸运到新世界。不!吉备带来的狐狸同时也是中国古代皇后的化身,如此,它就能迷惑全世界,四处施行要么极度致命要么极度令人幸运的巫术。从这一时期开始,狐狸征服了整个日本,直至把它们的神——稻荷神强加给了日本人。日本有多达两千多个庙宇是献给这位神祇——"狐

---

① 作者全力指出,如果说从前作为文明载体的战争是有益的,那么现代,在两个不需要通过战斗就能交流的民族之间爆发战争则是愚蠢的。——原注

② 事实上,日本历史上确实存在名为吉备真备(695—775)的真实人物,为日本奈良时代学者、平安时代政治家,曾两度任遣唐使出使中国。——译注

镰仓市大佛像（日本大使馆照片）

狸"的！依据神的尾巴转向右边或是左边，依据它的目光看向东方或是西方，旅行者由此能获得预兆，并总是会遵从稻荷神的忠告。

也可以说稻荷神是稻谷之神，也就是农业之神。如果说在今天的日本，农作物奇迹般地得到了种植，这可能要归功于吉备君。

无论如何，狐狸被吉备君带到了日本。同狐狸一起，吉备最后还从中国引进了妖术——最后一样东西——和迷幻术。我要赶紧向你们指出，今天，这一切几乎只剩下了回忆。但是，在很长一段时期内，在魔法、妖术和其他虚幻的恐惧方面，欧洲没什么值得日本企羡的。我记得我曾看过一个美丽的日本故事，故事中，两条忠诚的狗拉住了它们那不幸的主人的和服下摆，阻止他踩到一颗扎了针并被埋在他面前的羊心上，否则他就会遭遇不测。根据全世界的巫术法则，这毫无疑问会立即导致死亡。因此，日本人知道如何在羊心上扎针，一点也不逊色于意大利、西班牙……或者法国的任何古老巫术！……

然而，吉备君还将一样东西从中国带到了日本。这样东西更为珍贵，尽管传说并没有将它考虑在内。这样东西就是文字。

日本最初就有两种文字：一种是汉字，另一种是朝鲜字。这两种文字合在一起，就构成了日本文字。这一事实极为重要，而且非常奇怪。我已经说过，汉字同古埃及文字很相似，也就是说，这种文字的每一个符号、每一个方块字都代表一种意义、一种思想。因此，这是一种表意文字或者象形文字。与此相反，朝鲜文字同我们西方的文字一样，是表音的。[①] 符号就是字母，人们用其构成音节，而音节合在一起则构成了词语。它代表的不是一种意义，而是一种声音。日本曾经历过这两种文字并存的时期。学者们使用汉字，其他人使用朝鲜文字。我个人所认识的日本字几乎不到十个，我对汉语了解得多一些，甚至能够勉强写汉字。多亏了我的汉字，我能

---

① 作者不懂朝鲜语。他在此处对朝鲜语的认识是1899年由一位在首尔的法国传教士传授给他的。——原编注

够通过书写让日本人明白自己。然而，我无法阅读日本报纸，因为它们是以表音文字书写的，后者派生于一种叫片假名或平假名的语言，这两种都是表音文字，日本人采用了它们，以便弥补古老的表意的中国文字造成的不便和困难……

我跟你们说这些，不是为了显示我的博学——这样的博学太不堪一击了！而是为了让你们对我们现在所处的这个非常神秘的国家有些了解！……我的意思是，这个国家对我们来说是神秘的！

由此可见，日本人不过是一些海盗，同我们的诺曼底人一样，从很远的海上而来，发现并征服了一个美丽、富饶的国家。那时他们非常野蛮。其时，居住在这个美丽、富饶的国家的，是另一群同样野蛮的民族，他们与一个庞大的文明国度——中国和另一个半野蛮、半开化的小国——朝鲜相邻。我们在日本看到的与文明相关的一切都来源于中国，有时也很罕见地来源于朝鲜。

此时，我们已经身处6世纪了。如果说在这之后的四五百年内，我们会发现一个极度文明的日本，那么必须为此感谢中国。

我已跟你们说过，6世纪的日本就此拥有了天皇和被人们称为"幕府将军"的宫廷总管。这两者此时都还不怎么强大。正如在所有国家那样——不管是什么国家，在日本封建时期，权势完全被一些大家族、一些贵族集团所掌握。这些集团——想想苏格兰，甚至可以想想我们法国，想想阿盖尔家族和蒙特罗斯家族，想想勃艮第家族和阿尔马尼亚家族！——这些贵族集团是王子的封臣，但也是蠢蠢欲动的封臣，约两三个世纪之后，他们联合在两个势力强大的封建家族的麾下，形成了两个敌对的阵营，在他们身上，凝聚了日本三百年的历史。这两个家族是平氏和源氏。"平"意味着土地，而"源"意味着源头。你们可以看到，日本人的名字同我们的名字多么相似！我们有多少类似鲁热维尔、封丹或其他带有蒙和瓦尔的名字啊！①

平氏与源氏起初差别不大（他们都是天皇的嫡系子孙：平氏是天皇第五十代子孙，而源氏是天皇第五十六代子孙），通过联姻手段，他们渐渐成为强大的一族。在他们身上发生的一切非常奇特地近似于阿尔马尼亚家族和勃艮第家族时期的法国发生的一切，或者莱斯特家族和萨塞克斯家族时期的英国，或者莱斯利家族和西顿家族时期、汉密尔顿家族和道格拉斯家族时期的苏格兰……事实上，这些大家族统领着几个省的封建势力，为争取盟主权而互相斗争。远东将为我们呈现出一幅非常接近西方的画面。

---

① 鲁热维尔、封丹、蒙、瓦尔法文为"Rougeville""Fontaine""Mont""Val"，分别意指"红城""喷泉""山"和"谷"。——译注

939 年，日本打响了第一场封建战争。大约在同一时期，我们国家已经建立了骑士制度，这一制度几乎是在查理曼大帝时代之后就立即出现的。而日本此时还没有这一制度，它可能产生于三个世纪之后。当时的日本可能只有书记官和武士、文人和刀客。但是，武士经常吟诗作赋，而文人时常披甲陷阵。另外，无政府主义时刻威胁着日本。这一时期出现了这样的现象：三四岁就登基的天皇——也就是皇帝——常常一到七八岁就让出王位……这是黑暗的宫廷斗争的结果。因此，皇权在这一时期完全是名义上的。在让位很久以后，成为名誉天皇（那时人们称他们为傀儡天皇）的昔日君主才开始在公共事务中拥有个人的影响力。事实上，在当今法国，有很多昔日的共和国总统成了议会主席，真正比他们拥有至高无上的权力时——说笑的！——更为有权有势。你们把这种现象夸大到漫画的程度，就能了解当时的日本社会。在 11 世纪，尽管整个群岛几乎到处肆虐着无政府主义，日本仍然拥有已显得高度发达的文明。

受惠于朝鲜战争和从中国那里得来的一切，日本社会开始变得开化。1153 年（这是日本历史上一个关键的年份，因为经历了 11 世纪极度的无政府状态之后，12 世纪上半叶忽然变得极为和平，类似神的休战），战争开始了。然而，在命运攸关的1153年之前的五十年间，日本文明拥有了让整个11世纪甚至12世纪的欧洲企羡的东西。而且，被称为"武士道"的日本骑士制度当然也得到了建立。

*

关于这一文明，之后我会通过阅读的方式向你们作一个大概的描述。首先让我们回到这一命运攸关的年份，1153年。根据传说，那一年出现了一只"鹞"，后为人所杀。"鹞"是一种怪兽，猴头虎身。它在扑向皇宫的屋顶时被弓箭射杀。（我讲这些是为了指出，在这一历史时期，传说仍占据着一席之地。）这件怪事定然预示着一个可怕的阶段，而这个可怕的阶段不久就到来了。

事实上，凶险的大内战即将开始。一会我会向你们简要讲述这些战争。现在让我们先来看一看这一时期整个世界的状况，因为我想清楚地证明刚才我的断言，即12世纪的日本，其文明程度明显比同一时期的欧洲更高。为了证明这一观点，比较是最好的方式。那就让我们来比较一下吧！

刚才我们说了，1153年是大战开始的年份；而1185年是战争结束的年份。坛浦战役确立了强大的幕府政权，日本从此进入了全盛时期。

那么，让我们来看一看1185年的欧洲所发生的事吧。

*

1185年法国的国王是谁？是腓力·奥古斯都。布汶战役要到二十九年以后，即1214年才打响。1185年，腓力·奥古斯都只是在为十字军东征作准备，之后他同德国的"红胡子"[①]和英国的"狮心王"理查一起进行了这场东征。"狮心王"理查那时还没有统治芒什海峡彼岸，因为他的父亲亨利二世尚在人世。你们都看过瓦尔特·司各特的小说。我请你们回忆一下《未婚情人》和《艾凡赫》。大家知道亨利二世有两个儿子："狮心王"理查和"无地王"约翰。大家也知道这一时期充满了无数的动乱和激烈的斗争。你们可以看到英国盛行的是哪种文明：是放隼捕猎的文明，是骑士比武的文明，是罗宾汉文明，是亡命之徒的文明。

在法国，腓力·奥古斯都的运气也好不到哪里去。尽管他的才能无与伦比，但要在王国之内建立一点秩序和组织也是困难重重。在德国，是"红胡子"腓特烈，伟大的霍亨斯陶芬。请大家再去读一读《城堡里的老爷们》，它对当时德国所经历的文明作了一番相当准确的描绘：皇帝同这些城堡里的老爷们进行着斗争，后者是莱茵河上真正的强盗，他们敲

---

① 德国的"红胡子"，即神圣罗马帝国皇帝腓特烈一世。——译注

诈勒索游客，囚禁奴役商人……是的，你们还记得温柔的蕾妮亚将自己的钱夹"扔给那些可怜的囚犯"的情景吗？因此，那里的混乱、无政府主义比我们国家更甚。

再走得远一些。刚才我们已经讲过司各特了。在苏格兰，如果我没有记错的话，1178年，苏格兰人与英格兰人之间发生了纽卡斯尔战役，在这一役中，"狮子"威廉被俘……这位威廉王可能将他的绰号作了王国的纹章？……总之，我们身处封建社会的开端。别忘了被俘的威廉王还带着镣铐。不足挂齿的骑士制度。

在西班牙，风俗习惯也没有表现得有多温和。另外，西班牙和葡萄牙在穆斯林——摩洛哥——的掌控之中。1185年，统治摩洛哥的是阿尔摩哈德王朝，即摩洛哥的第五个王朝。人们此时正在建造那些华丽的塔——哈桑塔、塞维利亚的吉拉尔达塔和马拉喀什的库图比亚塔。西班牙人刚刚在离马德里不远的阿拉科斯吃了败仗。在这之后四年，即1189年，葡萄牙人在里斯本败北。因此，四处都是一片混乱。然而，还是穆斯林人给我们树立了文明与和平的榜样。摩洛哥占领了西班牙的三分之一和葡萄牙的一半领土，建造了高贵的建筑。同样的，在伊斯兰世界另一端的叙利亚，我们也能看到一种不容忽略的文明。在那里，是萨拉丁，是同一位瓦尔特·司各特笔下的萨拉丁，是所有封建传奇故事中的萨拉丁，是刚刚收复一百年前被布永的戈弗雷①的后人所占领的耶路撒冷的萨拉丁……萨拉丁从前是大马士革哈里发的将军,后来自己也成了巴格达的哈里发,之后很快又成了不可战胜的苏丹。身为耶路撒冷的主人,他胜利击退了西方三位最伟大的王子,也就是腓力、腓特烈和理查结盟——结成"十字军"——对他发起的进攻。

如此种种,还有在叙利亚的战争,在摩洛哥的战争,在英国的战争,在莱茵河的战争……

日本三大著名景观之一宫岛町(日本大使馆照片)

---

① 布永的戈弗雷(Godefroy de Bouillon,约 1060—1100),下洛林公爵,布永伯爵,第一次十字军东征时的将领。——译注

日本也爆发了战争！因此对我们来说没什么特别的！但是别忘了，此时欧洲和远东之间还没有建立便捷的联系，正如欧洲和遥远的西方没有建立便捷的联系一样。马德拉群岛还没有被发现，还得再等上三百年！哥伦布当然也还没有到过美洲，他是1492年才去美洲的。人们甚至还不知道地球是圆的……因此，如果想去1185年的日本看看到底发生了什么事，我们将碰到很大的困难。圣路易直至1248年才从爱格莫尔特登上东征的船只，即使在那时，这已是一个法国君主在地中海上所做的最遥远的旅行。尽管如此，让我们穿越时空，勇敢地在此登陆吧！……（我先提醒你们，我们很有可能回不来！……旅途太过艰辛！……）尤其是当时人们还没有发明指南针。都不要紧，出发吧。我们将摸索着穿越地中海。同圣路易一样，我们将从爱格莫尔特出发，穿过墨西拿海峡。我已同你们讲过卡律布狄斯和斯库拉。大家知道，在今天看来，它们根本不值一提。假设从前它们相当可怕，因此乘坐帆船的我们将尽量避开卡律布狄斯和斯库拉。然后我们会到达达米埃塔港。埃及苏丹会向我们开放他的地峡。于是我们能够毫无困难地通过苏伊士运河，然后，在运河另一端，我们只需开船驶入红海。从这里开始，一切都是未知的了。我们进入的是一个极其神奇的世界，尚未有人在这里冒过险。我们可能会遇到那个被迈耶贝尔称为达伽马的朋友的非洲女人，或者格列佛游记中最奇幻的王国！……不知道。但不要紧，让我们一直向前！随后出现的是马六甲海峡……

事实上，七百多年后，我确实做了这样一次旅行。后面我会谈到。假设我们已经越过了马六甲海峡，渡过了波澜壮阔的中国海，最后终于到达了日本。

在这个不为人知的日本，在这个处于12世纪的日本，我们首先要去看什么？我的天！当然是今天我们看到的一切：从海面冒出来的巨大绿洲，非常高，非常美。上岸之后，人们首先可能会告诉我们，天皇正同他的大军事首领平氏和源氏闹矛盾。但是，假设我们外国人的身份不会导致所有国门都向我们关闭，假设某个仙女令我们隐形，或者将我们乔装成日本人，使我们能够同这个非常封闭的日本之间建立亲密的联系，我相信，我们这些来自欧洲、来自腓力·奥古斯都或者亨利二世（也就是"狮心王"理查的父亲）的宫廷的人定会惊讶于天皇或其大名的宫廷，并对其赞叹不已。因为我们在那里看到的人比我们更为文明，更为高雅，或者坦率地讲，比与他们同时代的、被我们留在法国或英国的所有欧洲人更为进步。

没什么比真凭实据更具说服力。说话不足为凭，文字最能说明一切。下面我将谈到文字。

在我所讲的时代之前，有一位日本妇人，一位11世纪的日本贵妇，某天她兴之所至，写了一本名为《枕草子》的非常有趣的集子。

你们知道，日本女人的枕头是一个很坚硬的东西，呈立方体，大多数时候是用皮革或木头制造的，头枕在上面，以便不弄乱发型。用作此一用途，没什么比一大堆紧紧按压过的纸更好的了。我们前面提到的这位贵妇某日从皇后那里获得的赏赐正是这样一堆纸。在那些无眠的夜里，她就在这堆纸上写下了关于日本宫廷、关于其中发生的一切的札记。

你们想看看 11 世纪的天皇宫廷吗？这里是《枕草子》中的一段话：

> 在清凉殿①的东北角，立在北方的障子上，画着荒海的模样，并有样子很可怕的生物，什么长臂国和长脚国的人②。弘徽殿的房间的门一开，便看见这个，女官们常是且憎且笑。在那栏干旁边，摆着一个极大的青瓷花瓶，上面插着许多非常开得好的樱花，有五尺多长，花朵一直开到栏干外面来。在中午时候，大纳言③穿了有点柔软的樱的直衣，下面是浓紫的缚脚裤，白的下著，上边是浓红绫织的很是华美的出袿，到来了。天皇适值在那房间里，大纳言便在门前的狭长的铺着板的地方坐下来说话。御帘的里面，女官们穿着樱的唐衣，宽舒的向后边披着，露出藤

---

① "纯洁、清凉的宫殿，乘凉殿。"——原注
② Té-naga 和 Ashi-naga，日本艺术中的特殊形象。——原注
③ 这里指的是皇后的长兄。——原注

花色或是棣棠色的上衣,各种可喜的颜色,许多人在半窗上的御帘下边,拥挤出去。其时在御座前面,藏人们搬运御膳的脚步,以及'嘘,嘘'的警跸的声音,可以听得见。这样的可以想见春日优闲的样子,很有意思。过了一会儿,最后搬运台盘的藏人出来,报告御膳已经预备,主人于是从中门走进御座坐下了。大纳言一同进去,随后又回到原来樱花的那地方坐了。中宫将前面的几帐推开,出来坐在殿柱旁边,(与大纳言对面,)这样子十分优美,在近侍的人觉得别无理由的非常可以喜庆。这时大纳言缓缓的念出一首古歌来:

"日月虽有变迁,

三室山的离宫

却是永远不变。"

这事很有意思。的确同歌的意思一样,希望这情形能够保持一千年呀!

御膳完了,侍奉的人叫藏人们来撤膳,不久主上就又来到这边了。中宫说道:

"磨起墨来吧。"我因为一心看着天皇,所以几乎把墨从墨挟子里滑脱了。随后中宫再拿出白色的斗方来叠起来道:

"在这上边,把现在记得的古歌,各写出一首来吧。"这样的对女官们说了,我便对大纳言说道:

"怎么办好呢?"大纳言道:

"快点写吧。（这是对你们说的，）男子来参加意见是不相宜的吧。"便把砚台推还了，又催促道：

"快点快点！不要老是想了，难波津也好，什么也好，只要临时记起来的写了就好。"我不知道自己为什么会这样的畏缩，简直连脸也红了，头里凌乱不堪。这时高位的女官写了二三首春天的歌和咏花的歌，说道：

"在这里写下去吧。"我就把（藤原良房的《古今集》里的）一首古歌写了，歌云：

"年岁过去了，身体虽然衰老，

但看着花开，

便没有什么忧思了。"①

*

事实上，这一对宫廷的描绘相当有趣！让我们仔细瞧瞧这位王子，所有这些老爷们，这些宽大的紫罗兰色裤子，这一桃色的紧身上衣！而且，请注意宫廷里的嬉戏！天皇突然之间驾临皇后寝宫，在纷乱之中狡黠地喝住所有贵妇、宫女，然后命她们立即在皇后的斗方上写诗，还有什么比这更高雅的呢！我们仿佛根本不是在11世纪的日本，而是在16世纪

---

① 译文参见〔日〕清少纳言：《枕草子》，周作人译，北京：中国对外翻译出版公司2001年版，第19—21页。——译注

的法国，在玛格丽特·德·纳瓦尔家中！……

　　还有讽刺类型的：经历过许多世事的作者冷静地将这些事物归为好事、坏事、令人赞叹的事、可憎的事、使人疲惫的事，等等。我们不妨来听听她的话：

使人疲惫的事[①]

　　斋戒日。
　　持续了好几天的事。
　　在寺庙中长期隐居。

可憎的事

　　当你有急事时，访客还在聊个不停。如果是熟人，你可以打发他走，并对他说："下次再聊。"但如果这是个让我们不得不有所顾忌的人，那真是太讨厌了。
　　用砚台磨墨时碰到一根头发。或者，墨棒中有一颗小石子，磨起墨来轧轧作响，吱嘎……吱嘎……！太可怕了！
　　钦羡所有人，哀叹环境，批评他人：所有这些都非常

[①] 本部分作者没有完全引用《枕草子》，而是摘录了全书不同卷中相关章节的部分语句，且有些法语表述与中译文有出入，因此译者根据法译文自行译出。中译文也可参见〔日〕清少纳言：《枕草子》，周作人译，北京：中国对外翻译出版公司 2001 年版。——译注

遭人嫌恶。

婴儿在我们想听点什么的时候大哭。真令人伤心！

狗对着悄悄前来拜访的客人大叫。真想杀了这条狗！

藏在橱里的人因为打呼而被抓住！

困倦地睡下，一只蚊子飞到脸旁，发出极细的嗡嗡声。翅膀的声音比它的身体更大。太讨厌了！

你正在讲一个旧时的故事。一个了解某个细节的人突然打断你的话，否定你刚才所讲的，以此来打压你。令人厌恶至极。

到处乱窜的老鼠！非常讨厌！

一个跟你关系亲密的男人夸奖从前他认识的某个女

日本艺妓（日本大使馆照片）

人。尽管这是过去的事，仍然相当令人生厌。如果这事还持续着，那就更可恶了！……我们可以这样猜测，不是吗？……

令人心灵颤动的事

麻雀喂食。

独自在一个点着奇香的房间里睡觉。

洗发，梳妆，穿上芬芳的衣服。即使没人看我们，闻我们，抱我们……我们的心底仍然有一丝感动。

某个等人的夜晚，暴雨、在风中晃动的东西……所有这一切都令人感动。

令人怀念的东西

某个下着雨的无所事事的日子，找到从前我们爱过的男人的书信。

某个月光清亮的夜晚。

不可靠的事

对一位新来的佣人还不了解，却差遣他带着贵重物品去某户人家。

罕见的事

婆婆喜爱她的儿媳。

一个没有任何怪癖、任何残缺,在外貌和思想上同样优越的人。总之,一个没有任何缺陷的人。

令人大献殷勤的事

比如说……新年升官。

*

这大概就是九百年前一位日本贵妇面对生活所产生的不同内心活动的全部写照。刚才我对你们说,某天她从皇后那里收到了这堆作为礼物的纸,于是能够使她的记忆凝固下来,留给后人,留给我们。她自己在书的结尾是这样说的。这一段异常感人:

黑夜来临,我写不了字了,笔也写坏了。所以我决定结束这部札记。它们所述之事,都是我亲眼所见,心中所想,而且是休息日当我在房中百无聊赖时偷偷记下的。因为其中一些段落是对某些人的有些激烈的批评,所以起初我觉得应该将它们藏起来。然而,从此以后,一切都昭然若揭了！现在，我再也止不住自己的眼泪。

一天，皇后从内大臣那里收到一大堆纸，她问我："应该在上面写些什么？"

天皇觉得我们应该在上面抄写《史记》。但当我说我要用它们做一个枕头时，皇后回答我说："好啊！拿去吧！"然后就把它们给了我。因为想着用这一大堆纸记下所有的想法，因此我脑海中闪现出了很多怪事。我写下了我认为有趣的世事，或者别人那些值得钦佩的行为；我甚至谈到了诗歌、树木、青草、鸟儿和昆虫。后人们会批评我说："这些札记的糟糕程度让人始料未及。一看便知她才艺平平！"

于我自己而言，我记下心中所想的东西，并以此取乐，比起其他作品来，我觉得我的太普通了。然而，人们宣称它真的非常了不起。我感到很诧异。不过也许人们说得有道理。很多人不喜欢的东西，我都觉得很好，而他们赞赏的东西，我倒觉得很糟糕。所以人们能够读懂我的心思。我只是遗憾这些札记最终被公布了出来。

*

艺术家们照例都会有这样的遗憾，这位女士属于这样一类高尚的人，他们将美视作自己的上帝。

无论如何，她通过这几页如此生动、如此现代的文字向我们描绘的社会极具吸引力。令人遗憾万分的是，12世纪大规模的内战有些扰乱甚至中断了这一优雅的日本艺术和精神之花的盛开。不过，导致出现这一中断状态的事件倒也向我们提供了一个引人入胜的封建骑士故事，这是我所听过的最精彩的骑士故事之一。

我们才来到12世纪，别忘了！从12世纪至17世纪，日本历史说来话长，我不想让你们听我在细节上喋喋不休。但是，它经历了两个重要的时期：首先是12世纪，然后是16世纪。我曾在这两者之间犹豫不决！最后我决定跟你们具体讲讲第一个历史时期，只讲第一个，中间会穿插一些奇闻轶事——如果可以这么说的话……我想你们不会责怪我的。

我开始了。1153年，怪兽"鹓"飞到皇宫的屋顶，人们用箭射死了它。显然没有什么比这一事件更能预示不幸的了，而且是极度的不幸。厄运是这样的：两个都具有皇室血统的大家族平氏和源氏——分别是天皇第四十五代子孙和第五十六代子孙——产生了冲突。平氏家族的首领叫平清盛。这位平清盛是日本历史上两三位最伟大的人物之一。源氏家族的首领叫源义朝。根据传说，此人与前一位正好相反，尽管品德高尚，但甚为平庸。起初，这两位大老爷，或者日本大公——如果你们想这么叫的话——都是天皇的忠实盟友。那时，天皇还只是个孩子，几乎没有任何影响力，仅仅在历史上留下了一个名字。某日，一场反对这位小天皇的叛乱突然爆发。领导这场叛乱的是两位野心勃勃的老爷，一位是源义朝的父亲，另一位是平清盛的叔父。皇宫立即向几个大的封建领主发出请求，请其来平息叛乱。平清盛和源义朝齐心协力，一举击溃了叛军，并将其投入了监狱。在此之后，皇宫传来了无情的命令：杀死叛军首领，是的，杀死那两个首领，即两位强大的获胜者的父亲和叔父。而且，背信弃义的皇宫还派平清盛去杀死他的叔父，派源义朝去杀死他的父亲，并以此来判断他们是否忠诚。平清盛这个老谋深算、野心勃勃的政治家一秒钟都没有犹豫，就立即除去了他的叔父。而源义朝却开始躲躲闪闪。平清盛及时利用了对手的弱点。不久之后，这两位老爷之间产生了斗争。平清盛因为英气冲天的忠诚，因为布鲁图斯①式的举动——通过这一举动，他杀死了自己最亲的亲人——而变得强大，他联合了整个日本，在三场战役中打倒了他的敌手，并自封为宫廷之主。我记不清他究竟采用了哪个封号，我所知道的是，在将近三十年里，整个日本都属于他，而且只属于他！在至少三十年里，他是真正的皇帝。天皇由他选择，受他之命退位，然后将皇位让给他的后人。1181 年他去世时，安德天皇就是他的外孙。

---

① 布鲁图斯（Marcus Junius Brutus，公元前 85—前 42 年），罗马共和国晚期元老院的一名议员，与凯撒有着错综复杂的关系，最后组织并参与了对凯撒的谋杀。——译注

源氏家族起初还试图反抗这位太过强大的平氏，结果却战败，并且死伤惨重。源义朝去世时留下的几个孩子大部分都遭到杀害。很久以后，人们这样评价平清盛：他时而宽容时而无情，然而他的行为一直都不合时宜。事实上，他杀了很多本该赦免的人，却赦免了很多本该杀死的人，尤其是敌人的两个孩子，十五岁的源赖朝和当时还是婴儿的源义经。父亲去世时，源义经才四岁，他被关进了一所寺庙，另一个则遭到流放。后面我们还会再讲到这两位厉害的人物。

时间流逝。势力太过强盛的平氏在京都四处开些趣味值得怀疑的玩笑，例如在他们不喜欢的城区里放火，肆意屠杀所有的脚夫和车夫……事实上，在中世纪的西方，所有太过强大的人几乎都有着同样的行为……然而，平清盛有一个很懂事的儿子，名叫平重盛，他被今天的日本人敬为半神。这是一个值得敬仰的人，非常公正、刚毅、灵活，经常阻止周围的人干太多的坏事。不幸的是，这个作为长子因此也是继承人的儿子在掌权之前就去世了，因而没能证明他所有的价值。为了让你们明白这一时期的过分行为，只需讲一个相当滑稽的小故事。故事发生在平清盛权力极盛时期的京都。平清盛有一个名叫成田的亲戚——成田友成，此人在京城胡作非为，结果惹恼了平清盛并遭到后者的流放。成田是个非常谨慎的人，他不想同他那权倾一时的亲戚反目成仇，于是他赶忙服从，并发誓于第二日离开京城。然而，他恳求在最后

一天里为他的五百挚友提供一顿盛宴。这一请求得到获准。晚宴期间,其中一个朋友或许是喝多了,前来对他说:

"你是一个无可指摘的人!在你之后,没人能取代你的位置。如果你要离开京城,那我也不想在此地逗留了。至少不会是你现在看到的样子,有两只耳朵。"

话音刚落,他就立即割下了自己的一只耳朵,并将其献给了成田。他的邻座受到一种竞争心理的驱动,也说:

"我不会欠别人人情!这是我的鼻子。"

于是他割下了自己的鼻子。顷刻之间,所有在座的人都模仿起他们来,每个人都割下了自己的手指、手、脚,诸如此类。直至整个房间血流成河时,狂热的成田喊叫起来:

"至于我,我宁愿选择死亡!你们都是我的挚友,没有你们,我无法生存。"

随后他就剖腹自杀了。其他人也纷纷效仿。受惊的仆人们放火烧了房子,整个街区都燃烧起来,之后是整座城市……

这一切看起来荒诞至极,然而历史上确确实实发生过这样的事。

城里没有人敢抱怨此事。大家开始重建工作。纵火犯是独裁者的家人,反对他们有什么好处呢?

因此,1181年,当平清盛去世时,大家可以想象,整个日本真正松了口气。在他最后的岁月里,这位强大的独裁者——实际上,这位独裁者是位了不起的人物,他治理国家

日本花园景观（日本大使馆照片）

时充满活力和智慧，他颁布了极其出色的法令，在日本各省建立了严格的秩序和严厉的司法制度，总之，他使当时的日本成为历史上最繁荣昌盛的一个时期。在他最后的岁月里，对于时代迫使他做出的残酷的事，平清盛都进行了可贵的补偿。他剃去了自己的头发——这一举动在当时的日本与在欧洲具有同等的意义——，并像查理五世那样出家为僧。当然，他没有退位……是的，他保留了权力，同时却吃斋、归隐、禁欲，并强迫自己进行最艰苦的修行，以便神能够原谅他。与此同时，他继续着他的铁腕统治。

在这里，我们可以进行众多比较。日本历史上的平清盛有点像西班牙历史上的卡洛斯一世①。更确切地说，也有点像罗马历史上的马略：集暴君和伟人于一身，去世之前一直施行着最残酷的流放令和最出人意料的宽容政策，使罗马帝国拥有了公正、健康的法令，却从不制止自己进行最可怕、最血腥的放纵行为。

法国著名工程师贝尔丁是日本艺术品收藏专家，他在某本书中很正确地写道：

"每次当你们在日本版画上看到一个目光专横、剃着光头、穿一件僧袍的男人，这个人就是平清盛。事实上，他在日本留下了那么深的烙印，以至于时至今日，日本绘画中仍然很难见到比这位著名的平氏更常见的模特。"

前面我同你们讲过，平清盛不合时宜地赦免了宿敌源义朝的两个儿子，也就是源赖朝和源义经。

日本历史常常在源赖朝的名字前加上一个形容词，这个形容词就是"可怕的"。这说明了一切。至于源义经，他就是日本的白瓦特②。他的事迹可以写成十二卷英雄传奇。他自幼就被平清盛关进寺庙当了和尚。历史记载，从八岁开始，他

---

① 卡洛斯一世（Charles Quint，1500—1558），即查理五世，神圣罗马帝国皇帝。——译注

② 白瓦特（Pierre Terrail de Bayard，147？—1524），中世纪法国一位骁勇善战的骑士。——译注

先后经历了几次恋情,在此之前,他已经在决斗中杀死了不少对手。你们瞧,他很小就开始操练自己了!另外,他一直同他的长兄源赖朝保持着联系,后者此时正在他的流放地暗自准备起义。

年复一年。在十二岁还是十三岁的时候,源义经最终逃离了寺庙。为了同其兄长团聚,某日他不得不经过一座桥。看守这座桥的是一个著名的强盗,名叫武藏坊牟庆,是个"身带两把大刀"的了不起的人物,他的职业就是拦路抢劫过往游客……源义经却一点都不担心,当这个身带两把大刀的强盗意欲拦住他时,源义经便同他打了起来,然而他的武器只是一把扇子。但这足以让源义经取得胜利。他打败了巨人武藏坊牟庆,并把他变成了自己的奴隶。有生之年,武藏坊牟庆一直追随着这个打败他的人,并成为他最忠诚的家臣,用我们法语来说是侍骑。源义经于是找到了源赖朝。两人团结了源氏的残余力量,并迫使他们加入了叛军。战争在平清盛去世之前就开始了。临死前,老迈的独裁者请求人们不要在他的棺木上祷告,不要为他举行祭奠仪式,而是将他的敌人源赖朝的首级放到他的棺木上。人们没有在他的棺木上放上源赖朝的首级,原因可想而知!反倒是源赖朝,在很多棺木上放上了敌人的首级。因为平清盛偶尔还宽恕别人,而源赖朝却从不宽恕。

平清盛刚一去世,源赖朝就成为一支强大的军队的首领,尤其是在他的兄弟——日本的白瓦特、战胜巨人的源义经的帮助下，他打了很多漂亮的胜仗。人们传颂着源义经的数不胜数的英勇事迹：被攻破的山口、被搬走的城堡、被征服的城市、被击溃的军队，所有这一切对他来说形同儿戏。最后，源氏占了上风，把他们京都的对手驱赶到了本州的最南端，直至关门海峡。（关门海峡是分开九州和本州的海峡，它在日本历史上曾起过举足轻重的作用。）此地发生过无数战役。但我要讲的这一战役是最著名的，人称坛之浦战役，坛之浦正是那片朝这个海峡开放的小海湾的名称。

被源氏追杀的平氏只好躲藏在自己的船上。他们有五百条船。源氏带了由七百条帆船组成的船队来追赶他们。一场海战打响了，如同勒班陀战役①和亚克兴角战役②一般。源义经，也就是另一个白瓦特，在此地创造了无数奇迹。然而，他的其中一个对手，一个名为叫经（两个名字很相近）的平氏后人抗争得如此激烈，结果那天他被逼得落荒而逃，据说逃跑时他并足跳过了七艘大船。你们瞧，此处的历史记载掺杂了多少传说的成分！最后，平氏战败。同他们在一起的还有平清盛的外孙，当时的天皇——我已在前面提到过他，这

---

① 1571年欧洲基督教国家联合海军与奥斯曼帝国海军在希腊勒班陀近海展开的一场海战。——译注

② 公元前31年罗马共和国的马克·安东尼与古埃及托勒密王朝法老克利奥帕特拉七世联军与屋大维之间的一场决定性战役，发生在希腊阿尔纳尼亚北部近亚克兴角的爱奥尼亚海海域。——译注

位年仅七岁的天皇同其他宫廷成员一起,毫不犹豫地投海自尽了。所有人都死了。可惜的是,同天皇一起沉入海里的还有那把宝剑,这把宝剑是从前他的某位祖先从神龙的尾巴里找到的。同宝剑一起从此在海峡的水底长眠的,还有其他来自天照大神的神器,即一面魔镜和一块奇玉,那块象征朝鲜神话哲学的奇玉。

歼灭平氏之后,"可怕的"源赖朝取得了统治权并建立了幕府政权,也就是宫廷总管的绝对权力。这一统治权是世袭制的,它从此开始了对整个日本的军事控制。

这之后的太平年代没有持续太长时间,总共是十一年。源赖朝去世时,他的事业也土崩瓦解,正如从前当平清盛一去世他的事业就土崩瓦解了一样。无政府状态复又出现。然而幕府统治直至七百年后才真正消失。

12世纪的日本内战几乎总是令我们想起欧洲封建时期的所有战争。同样地,可以将日本的12世纪同我们的14、15和16世纪进行对比。大家回想一下苏格兰的玛丽·斯图亚特的故事,或者法国的查理九世和亨利四世的故事……这些史实非常接近,并且都被笼罩在类似的文明之下。你们刚才读到的故事已经相当清晰地证明了这一点。

*

让我们回到远东来吧。

从13世纪开始，天皇政权已经完全没落了。在那个时期，约1248年左右，当蒙古人和女真人在伟大的忽必烈汗——马可·波罗曾谈论过他——的带领下对日本发动规模庞大的进攻时，是幕府政权进行抵抗并挽救了国家。可以说，那时天皇已经不复存在了。

在京都的宫殿深处生活着的，只是一个小小的偶像，通常很年轻，而且总是被无数宗教式的崇拜包围着。几年之后，按照惯例，人们会突然请求偶像消失。于是他就不声不响地消失，换另一个小偶像来取代他。这就是天皇——太阳神女的儿子们最后的处境！

与此相反，幕府将军们，这些"军事指挥官"，这些"统帅"——在这个词的拉丁意义上[①]，随心所欲，只听凭自己的绝对意愿行事。其间当然也出现过一些风波。例如在14世纪，一个奇才的出现就足以使天皇政权在顷刻之间几乎得到了奇迹般的重建。1320年或1330年，这个名叫楠木正成（这又是日本历史上需要我们记住的一个名字）的普通武士对他真正的王子——天皇们产生了一种忠诚的柔情。于是他与那个时代的幕府政权之间展开了斗争。在斗争中，他采用了很

[①] Imperator，拉丁语中"统帅"是一种头衔，起初在罗马共和国期间相当于军队的总指挥官，后来演变成罗马皇帝头衔的一部分。——译注

多军事计谋，令人想起我们的杜·盖克兰①，在同布赫领主作战时，杜·盖克兰曾假装逃跑，引敌军在前去追赶他时秩序大乱。于是，楠木正成，正如杜·盖克兰一样，出人意料地转身，击溃了所有对手……事实上，太阳底下无新鲜事，楠木正成和杜·盖克兰所使用的这一战术，不正是我们的海军今天还在使用的战术吗？

在二十年中，楠木正成使幕府政权岌岌可危，险些完全收复了天皇的全部权力。如果说最后他失败了，并在一场战役（凑川战役）中牺牲，那仅仅是因为别人向他下达了形式上的、致命的命令。他曾不计回报地辅佐天皇成为一位真正的王子，但后者最后却骄傲自负起来，强迫战功显赫的将军服从新近才成为王子的他的战术。楠木正成不得不在恶劣的条件下作战。他坚忍地服从了命令。当一切尽失时，身负十一处伤的他带着二十来个最英勇的将领平静地退到一座小山丘顶。敌人来了，充满了敬意，并以最诱人的条件劝他投降。他也毕恭毕敬地回复了这一恭敬的请求。然而他拒绝投降，并剖腹自尽了，所有的将领也都跟随他一起自尽了。在14世纪的日本，人们无法接受投降，正如在20世纪的日本。大家还记得1904年的战争吗？

正是在那个时期——我的意思是14世纪——，在无数凶

---

① 杜·盖克兰（Bertrand du Guesclin, 1320—1380），法国民族英雄，百年战争初期杰出的军事领袖。——译注

猛而又辉煌的战争的推动之下，日本的荣誉制度——武士道得到了加强。武士道就是我们封建时期的骑士制度，两者的模式几乎相同……但武士道中蕴含着某些更为严酷、更为绝对、更为无情然而更为文明的东西。在武士道中有关于恩泽、风度、诗意的部分，然而更多的是关于死亡的精神。因此，

室内起居场景（法国邮船公司照片）

任何失败都是不容许的，任何挫败都必须以自愿的自杀来补偿。在日本，从来没有针对士兵的死刑，因为一句微词就足以令犯人立即自杀谢罪。

至于女人，至于寡妇，跟在西方完全一样，她们可以退

隐到寺庙,"在此披麻戴孝,并体面地死去"。

刚才我跟你们讲了源赖朝和源义经的故事。胜利之后,源义经因遭兄长猜忌而受到凶猛的追杀,在被追上时就自尽了。然而,追杀持续了很多年,那段岁月,源义经一直在一位美丽的朋友的陪伴下度过。在逃亡者四处流窜的大森林中,当他们在蹩脚的驿站歇脚时,这位朋友为他在月光下翩翩起舞。最后的时刻来临,源义经陷入了绝境。在去世之前,他希望能够保障温柔的静御前——这位美丽的女子的名字——的安全。那么他做了什么呢?他什么都没有做!而是充满信任地将她送到了胜利者、"可怕的"源赖朝那里。不管有多可怕,源赖朝都不能违背武士道精神,不是吗?他确实是这样做的。他极其隆重地接待了静御前,让她自由地遁入空门,并在寺庙里结束了她的一生。

日本的这一荣誉制度从 13 世纪起就没有改变过,它严格地控制着日本,直至今日。

*

楠木正成去世后,天皇再度变得一无所有。一个新的幕府政权即足利幕府开始实行统治,他们给社会带来了一百多年的繁荣昌盛。之后社会重又处于无政府状态。总而言之,从这一时期开始,历史变得相当乏味:战争与和平,和平与战争，以及亘古不变的无政府状态。当然，是封建社会的无政府状态。16世纪前后，发生了一些事，使得日本的统一遭到了威胁。

三个男人拯救了整个日本。这是即将拉开帷幕的16世纪的历史。

我不想跟你们讲述这第二个故事，因为它同前一个故事大同小异。这三个男人名叫织田信长、丰臣秀吉和德川家康。这三位幕府将军成功地恢复了国家的统一。在他们之后，日本经历了一段国力极其强盛的时期。宏伟的建筑曾见证了这一切，而且还在见证着这一切……只是，有趣的是，16世纪的这个繁荣的日本同12世纪那个繁荣的日本很相像。其间没有任何进步。

在12世纪，甚至是11世纪时，我们看到了一个明显比欧洲优越的国家。在16世纪时，已经不是这样的了。当圣方济各·沙勿略来到这里并试图让日本人改信基督教时，他完全没有感觉到自己进入了一个比西方文明更为优秀的文明中。即使是后来，当德川家康通过几次屠杀，将圣方济各的基督徒弟子们彻底清除时，日本也没有一丁点的进步。而欧洲则一直在前进……

*

一个小插曲：在两百年后的 19 世纪，当天皇统治在日本得到彻底恢复，当现代社会即将产生时，一位名叫西乡隆盛的日本人进行了最后一场革命。他以什么名义革命？以过去的名义！西乡隆盛要求人们回到过去，消除一切新事物，在日本重建一种古老的制度，并希望这一制度能够一成不变地持续千年！——我请大家想一想这些！

不管是现在还是从前，日本所要求的，是保持自身，不要任何进步、任何改变。因为根据西乡隆盛和他的追随者们断言，所有改变或进步只会加速人类走向不幸的步伐。这一论断可能是正确的……然而静止却会加速人类走向软弱的步伐，这一论断肯定是正确的。

而我们这些欧洲人，我们是怎么"朝前走"的呢？我的天哪……主要是通过大炮！……可能还通过印刷术……也可能是通过航海技术……总之，通过所有这些在互相之间建立联系并最终促使思想、发明甚至暴力得到交换的手段……可能我们还得给予其中一项发明创造以更重要的地位，对于这一发明，我们从来没有给予其应有的声誉，这一发明就是窗玻璃。在现代文明中，窗玻璃分离了温度与光线问题，使得我们的文明能够向北方推移……使得我们能够离开底比斯，或者孟菲斯，或者雅典，或者亚历山大城，一直来到巴黎、伦敦甚至彼得堡。在巴黎或伦敦，热气没有那么强烈，人们因此能够工作更长时间；而南方人由于生活在永恒的热气和萎靡之中，不得不进行漫长的午休，而且做起事来散漫拖沓……在开罗或科伦坡，人们每天最多工作四到五个小时。而我们有过一天工作八个、十个、十二个小时的经历。这对文明来说是一种补偿。

一言以蔽之，1854年，日本仍然是个很幸福的国家，同时也是个很弱小的国家，同五百年前的日本一模一样！与此同时，欧洲已经成为强大的欧洲。请注意，这个日本一直闭关自守，它对自己的弱小一无所知，它一如既往地拒绝了解外国人。只有葡萄牙人和荷兰人能够同它进行贸易，而且是微不足道的贸易。幕府政权将他们驱逐到了长崎湾的一个小岛——出岛上，并派兵监视着这些可怜的外国人。在固步自封之中，在城墙之后，日本以为自己能够避开所有的好奇和侵犯……

突然之间，这一年，即1854年，巨大的黑白相间的船只到来了。船尾有一面红白双色的旗帜，盾形的四分之一是蓝色的，上面布满白色的星星：美国国旗。后来不知道发生了什么事，也不知道在哪里发生……一艘船舰在日本沿海沉没了……几个遇难的船员受到了暴力对待。美国提出了强烈的抗议！而日本只是耸了耸肩。于是这支舰队的指挥官下令向鹿儿岛开火。炮弹落了下来。一阵惊愕。火炮？日本人不认识，或者几乎不认识！在日本，火药向来只是用在烟花上……然而，炮弹越来越密。抵抗有什么用呢？日本人投降了。幕府将军立即向美国求和……然而，这是怎样的和平啊！这是日本的耻辱！没有任何条件，没有任何协商，怎么可能协商呢？总之，日本突然之间就看到了自己的劣势，并且不得不面对它……

噢！但是……我们面对的是一个从不愿意承认自己低劣的民族，不管这一劣势是什么，也不管面对的是怎样的民族，哪怕后者再强大、再神奇！直至那个致命的日子之前，日本一直完好无损地保留着它那有关封建荣誉和军事自豪感的古老制度。就这样，甚至还没有战斗就被战败了？这样的事不容许发生！于是他们立即作出了强烈的、即时的反应！从1854年至1868年的十四年里，日本所有的机构都将被推翻，幕府政权将被打倒，天皇统治将重新得到建立，总之，将出现千年耐心而固执的努力从来不曾获得的一切。在过去的十个世纪中一直静止、僵化、凝固在封建陈规之中的民族，突然之间成为最现代的民族！为什么？因为它吞下了侮辱，因为它没有雪耻。日本要报仇雪恨。四分之一个世纪就足以使它惊人地一雪国耻①。从1854年至1922年，其间经历了1868年、1894年、1904年和1914年②，日本战无不胜。日本为了

---

① 刚才强调的那些词："因为它吞下了侮辱，因为它没有雪耻。"完全属实，并且是逐词从日本1854年的资料中翻译过来的。——原注

② 1854年，海军准将培里侵略日本；1868年，日本取消幕府政权，重建天皇统治；1904年，日本战胜沙俄；1914年日本在九州战胜德国。——原注

战胜对手，不得不把自己变成了一个现代化国家。对于这个国家，现在我请你们一起来看看它的模样，它现在如此，今后还将一如既往。

第六章　现代日本

现在我想给你们介绍一下现代日本,现在的日本,也就是今天人们所能看到的日本。

我曾去过那里……不幸的是,那是很久以前了,大约二十多年前!不过没关系,尽管自我那久远的旅行以来,日本又经历了很大的变化,但我想我仍旧能够比较准确地介绍一下它,如果你们去那里的话,你们看到的日本大致会是这个样子……因为日本历史上曾遭受过魔力的一击,而且只有一击;那是在 1868 年。自那时起,变化就没有那么明显了。而我是在被日本人称为"巨变"的 1868 年改革之后去日本的。在改革之前,日本还是一个始于 12 世纪的封建的日本,改革的第二天,就有了今天的日本。

让我们来看看日本的样子吧。

*

我是 1897 年 11 月从马赛乘坐一艘漂亮的邮轮出发的。

今天在飘着法国国旗的邮轮中,你们很难找到总体上比这艘邮轮更先进、更新颖的!因为从那时起,造船业就再也没有经历过大的进步。我乘坐的邮轮刚刚投入使用。它名叫"波利尼西亚人",现在已经不复存在了,战争见证了它的消亡。那时船上大约有五百名头等舱乘客。没有什么比在一艘簇新的大船上散步四十天更有趣、更惬意的事了,尤其是在中国海上……鲁迪亚德·吉普林曾简要解释过远东邮轮和大西洋邮轮之间的差别:

"P. & O. 邮轮,"他说,"不像纽约邮轮那样总是灯火通明、讨人嫌恶。这里的生活更为平静、更为有趣,甚至更为伤感……"

那时,"波利尼西亚人"号是所有远东邮轮中最好的行者,也就是说,在无涯的大海中,我们会感受到超越英国大邮轮——P. & O. 邮轮①——的微妙乐趣。我还记得,晚上六点左右,我们在地平线上看到了它的灯火;然后,将近午夜时,我们在船舷边看到了整艘船。人们闪着信号灯互相示意。在清晨六点时,一切都消失在我们后面了,比地平线更低……我们紧挨着对方擦身而过,彼此相距不到一锚位……在海上如此相遇,没什么比这更激动人心的事了。

第四天早上,塞德港;第五天早上,科伦坡。第十九

---

① P. & O., 即"半岛和东方",英国一个重要而且完美的公司。今天,P. & O. 战胜了我们的邮轮,原因令人伤心,因为法国的海军现在不值一提。——原注

东京——帝国饭店入口（日本大使馆照片）

天,新加坡。在那里,我们突然之间发现自己进入了另一个世界。在科伦坡,我们看到了奇花异草、印度人、大象……但所有这一切都算不了什么。而当我们在船的右舷看到苏门答腊岛、在左舷看到巨大的马六甲半岛之后,我们发现邮轮似乎渐渐驶入了一个死胡同：左右两边的岩石互相靠近,紧紧收缩,向中心聚拢……道路似乎突然之间封闭起来。不,只有一条小航道,一扇门,狭窄的门……船只继续前行……我们穿过的,是远东之门！……然后骤然之间,大海又变得开阔起来,我们越过了这扇门,离开了西方世界,处于这个巨大、古老、闻所未闻的中国世界中了！三天以后,将是西贡；五天以后,将是香港,然后是上海,然后是长崎；到了长崎，就到日本了。

我预先告诉你们到达时会发生什么事。在经历一个半月的旅行之后，你们不会说："终于到了！"不，你们会说："已经到了吗？！"

我没有一下子就到达长崎。某个命令迫使我在香港停下来。于是我首先在四处游荡了两年，就是没有去日本。我到过菲律宾、东京湾、安南、中国——整个中国，包括中国南方、中国北方和中国中部——，到过交趾支那……我甚至去过朝鲜！却从没到过日本！然而，对于所有居住在远东的外国人来说，日本代表着一块福地，因为这里的气候无比怡人。整个中国的气温一般都很严酷，而且通常不利于健康；而日本则拥有真正的冬季，真正的春季，真正的夏季，真正的秋季，正如在我们这里一样。日本有美不胜收的鲜花，有美味的水果，有象牙，有玳瑁，还有漆器。总之，这是个干净的国度。即使是普通百姓，即使汗流浃背，人们也散发着天竺葵的香气。想象一下，这对刚从中国来的人来说是多么惬意啊！这一反差的原因在于：日本是个干净的国家，唯一一个干净的国家。所有日本人，包括工人，包括农民，包括老人，包括新生婴儿，每天晚上五点时都会洗一个滚烫的热水澡。让我们赞美这些至今都还没有在欧洲形成的风俗习惯吧！希望能有某个碰巧充满智慧的暴君将这些习惯强加给我们！

一切耐心最终总会有所回报。在二十三个月的游荡之后，我最后还是到了日本。在它周围打了那么多"水漂"①("打水漂"是一个航海行话),我有足够的时间获得关于我的福地的一些基本正确的概念……无论走到哪里,我都会碰到中国男人,数不胜数的中国男人……却很少碰到日本男人;相反,无论走到哪里,我都能碰到日本女人,却很少碰到中国女人。是的……事实上,中国是一个四处输出其儿子们的民族:工人、苦力、佣人、漂洗工、矿工、水手,尤其是商人。而日本,更确切地说是当时的日本则输出它的女儿们,而且几乎仅限于输出女儿们……现在情况似乎已经有所改观。什么都有可能发生!暂时不谈这个。无论如何,这些输出的日本女人都很迷人,低调得不能再低调,都受过很高雅的教育,优雅无比,而且对自己的国家总是维护有加……我曾同她们交谈过很多次,甚至曾与她们保持过联系……总之,当我于九月的一个美好的傍晚到达日本时,我对1899年的日本已经有相当的了解……如此"发现"日本的经历,在很长一段时间内,我一直铭记于心。

几乎所有的中国海岸在我看来都是又低矮又阴郁的。海水是黄的,泥泞而污浊,从海岸一直延伸至几百公里开外的大海中。因为有几条大河——尤其是扬子江——最后都流入海中,并在此倾倒了大量淤泥、河泥和残渣。除了个别地

---

① "打水漂",法文"faire des ronds dans l'eau",意即"无所事事"。——译注

方——例如香港——有壮丽但稀少的山脉之外，海岸边鲜有高地。通常情况下，海岸都是平坦而丑陋的沼泽或沙地，令人绝望！因此，到达长崎时，会有一种特别的惊喜：层层叠叠的绿地仿佛是从海上冒出来的，巨大、陡峭的岩石四处林立，到处都是树木，高大的树木，从高处俯瞰着可爱又不太引人注目的屋子。这就是日本向那些从九州岛的长崎码头登陆的人所展现的第一张面孔。

*

离开法国之前，我曾在那些古董和古玩店里看到过画在漆器面板上的日本风景，之后在整个旅途中，尤其是在塞德港，我都见到过它们，美得失真。啊，这些漆器没有撒谎，日本就是这样的。我心中突然产生了一种无法控制的、狂热的、宗教情绪一般的崇拜之情！

事实上，长崎是一处胜境。不仅仅是长崎，整个九州海岸，整个日本海岸均是如此。而超越这一切的，是横亘在四国和本州之间的内海边那奇迹般的、受神赐福的海岸，这里风景如此优美，连我们的地中海都不能与之相媲美！我发誓我所说的都是真的，在日本内海那不可思议的完美面前，诸如意大利滨海地带的胜景真的算不上什么。

上岸之后，对日本的第二印象也同样美好。我还记得

东京——丸之内大厦（购物中心，日本大使馆照片）

第一次在长崎散步的情景。我先是穿过了一个相当大的城市（长崎可能有超过十万的人口），地势非常开阔，边缘是呈阶梯状的绿色和紫色的山脉。城市躲藏在这个圈子的中央，整个城市中只有一到两层高的小房子，用木头和纸建造，没有玻璃窗。（墙是用木头造的，而人称"障子"的隔墙则是用纸造的……想象一下精工细作的杉树框，上面糊着一种非常美丽的纸，一般是白色或灰色的，糊得干脆利落，没有一丝折痕。看起来极其优雅、干净……"干净"一词在这里经常出现！……真正超凡脱俗。）街上人群密集。大家都知道日本服饰，不是吗？所以没有必要再描述和服了。男式和服和女式和服几乎一样，只是后者多了一根在背后打结的腰带，腰带有着两片巨大的翅翼和意想不到的色彩，鲜艳而悦目。所有这些人，衣着优雅，来来往往，充满活力但彬彬有礼，不声张，不喧哗，只有他们的鞋子——木屐发出规则的"踏、踏、踏"声……因为木屐只是一片安在两块横向的小木板上的鞋底，它们急速踩在地上时会发出奇特而有趣的踏步声……这是最具日本特色的声音之一。

请注意，日本民族是个生育能力很强的民族，因此，街上到处都是儿童——总是很高兴，总是笑盈盈的，除了上课时间外，总是在玩耍……另外，经常能看到他们背着书和作业本，一副乖巧学生的样子，而且日本学生看起来总是很尊重他们的作业本和书。所有这一切都焕发着一种无忧无虑的好情绪，一种令人愉悦、教养良好的风度。

而且，日本人对外国人很热情好客，至少从表面看来是这样的。每一次相遇，每一次接触——即使是偶然的和瞬间的，都伴随着敬意、微笑和轻声的"请多多关照！请多多关照！"，后者无他，只是一种合宜的、热情的问候。

*

我不知道世上还有什么比日本市场更好玩的景象。这里看不到一丁点西方式的粗野。另外，日语词汇中并不存在诅咒的语汇。而日语语法则包含一种特殊的礼貌用语形式，一种特殊的变位，极其恭敬，而且人们使用它的次数比你们所能想象的更为频繁。

在出城之前，我们会穿过一片老街区，那里是乡村。

啊，日本的农村！我经常在那里散步，四处行走很多里，最后才说服自己确实是在一个真正的乡村，在真正的树林里，毗邻真正的田野……说服自己围绕在我周围的，不是一个最不可思议的布景……起先我以为自己弄错了，很长一段时间里我都这么认为，以为我看到的是公园，是花园，是花坛……

八幡市的炼钢厂（日本大使馆照片）

牧场、田地，这些词用来指称玲珑的日本的那种精致实在是太粗野了！必须寻找其他表达方式，这些表达方式或许能在维吉尔的《农事诗》中找到。任何一个农民都拥有三层梯田——日本地势起伏相当大，因此农作物都呈阶梯状种植在丘陵上——，任何一个农民都拥有三层梯田，在其上种植水稻。他把土地整治得那么好，以至于当你们看到它时，会以为那不是一块水稻田，而是一块精致的草坪，某位大老爷闲来无事种植了这片草坪，用来放松自己的眼睛，除此之外肯定没有别的用途。然而，事实不是这样的！这些种在梯田上的草皮足够喂养整整一个民族，因为日本食物的基础是四处种植的大米。大米的种植充满了细心、品位、爱意和艺术，当然也充满了利润，巨大的利润，这是最基本的！

还有竹林。竹林遍及九州、四国甚至日本北部。然而最美丽的竹林，我认为在长崎附近。这些竹林如此漂亮、如此精致、如此整齐，以至于我以为看到的又是某个领主整治得完美无暇的乔木林。

在北方，是一些更为庄严的树木——高大的雪松。在欧洲的异国商品店里，我们曾看到过雪松的缩小模型。因为日本园林能够根据通常高达三十米的树制造出几乎不到三十厘米高的模型。总之就是这样！看看这些在欧洲所有最大的花店里都能看到的雪松模型，将它们放大一百倍，想象一下由此形成的巨树……这就是被日本人称为"柳杉"的雪松，它们为圣山——日光山的风景增添了几分庄严甚至可怕的神情。然而，日本很少表现出庄严肃穆的一面。整体上说，最适合形容日本的词——我是说第一眼看到的日本，表面上的日本——，是"美丽"。那边的一切都是美丽的，因为一切都显得那么小巧、适中、优雅、精致，而且准确。

在我们国家，我们经常四处闲逛，闲逛时，我们坐的是马达驱动或马拉的笨重的车。今天的日本当然有汽车。然而，二十五年前，这里的人尚未听说过"维多利亚"①和"库柏"②。比我们更雅致、更注重实际舒适性的日本那时只有"轱辘马"③。"轱辘马"是一种被简化为只剩两个轮子的小车，很适合一个游客单独乘坐。车辕上只套着一个"驱动器"——车夫，一个精力充沛、聪明敏捷的人，身兼车夫、导游、马夫和马匹之职；一个神奇的人，能够将几公里的土地甩在自己身后，仿佛一个刨子甩出刨花，同时自己还不以为意。如果路途遥远，或者得跑得比汽车快，那么"轱辘马"车夫最多会再叫上一个同伴……

千万别以为人力车夫只有在短途旅行时才派得上用场！……哦，不！长途旅行，长达五里、十里、二十里的旅

---

① 维多利亚（Victoris），双人四轮折篷马车。——译注
② 库柏（Coupé），一般为双门四座马车。——译注
③ 轱辘马，实际上就是日语"车"（kuruma）的音译，作者似乎对当地词汇有一种特殊的兴趣。——译注

程，也不会吓倒"辁辘马"车夫。两个男人，或者四个，就足够了。一半的人拉车，另一半休息……在这里，休息意味着全速跑在车后，以便能够一里一里地互相替换，但从不会减缓速度。在这个行业中，鞋子坏得很快，尤其是车夫只穿草鞋，大约只能跑三公里。坏了以后人们就将其扔掉，然后迅速再买新的。日本最多的店铺是草鞋店……（也不要以为你们的车夫会因为鞋子而让你们破产！不，因为每双鞋子价格一样，都只值两块钱……）

这也是最具日本特色的事物之一，在大变革之后，它幸存了下来，一直延续至今，而且至少还会再存在一段时间……

请注意，这些既是车夫又是马匹的"辁辘马"车夫十有八九都很聪明，所以几乎用不着告诉他去哪里。根据你们的外表、你们的衣着，根据当时的日期和时刻，他就能猜到答案。几乎不等你们发号施令，他就已经撒开腿跑起来，然后将你们带到他估计的地方……有时他也会弄错……但比你们想象得要少一些！……总之，比很多以评判别人为职的评判员失误的次数更少……

然而，尽管这一运输模式非常有趣，尽管它更多的是取道小径而不是铺设的道路，但它并没有妨碍日本建立起良好的公路网络。不仅如此，日本还很快地给自己制定了一整套修建铁路的计划。1854 年的一天，日本见证了海军准将培里对出岛的轰炸，在此之前，它一直打算尽可能远离欧洲。而自那一天起，为了保留在它看来良好的日本风俗，为了同它眼中野蛮、粗暴的西方尽可能少接触，日本突然之间改变了主张，同时也改变了行动。美国人的枪炮使它明白，忽视他人是有错的，从此以后最谨慎的做法，是同欧洲以及美国齐头并进。日本立即采取了行动。在投身于行动中时，它明白首先需要铁的力量：蒸汽轮、装甲舰、大炮、铁路。所有必须拥有的，日本早早就拥有了。于是 1899 年，在日本旅行成了一件很有趣的事。一部分旅行是坐火车进行的，另一部分则是坐"轱辘马"进行的。

皮埃尔·洛蒂在我之前两三年也在日本旅行过。他的经历同我很相似。他在一本书中介绍了这次旅行，而且肯定比我讲的好得多！我永远无法写出那样的东西。所以我请求你们允许我引用其中的几页……洛蒂去的是日光。日光是日本北部的一个城市。在日本，一定要去看看这个城市，因为这里有一个很神圣的墓地，我之前同你们讲过的 16 世纪很多重要的幕府将军都安葬在这里。

……因为时间关系，我还没有同你们谈过艺术的日本。请不要过分抱怨，因为在这个问题上，可以谈的比欧洲人想象的要少得多，而且艺术之日本并不完全是东方的。东方的艺术大国，东方的艺术巨人，是中国。日本一直在模仿中国，却从不能与之相提并论。然而，日本有自己的艺术，虽来源于中国艺术，却同后者有很大的差别。这一艺术无论在建筑领域还是在雕塑领域，无论在陶瓷业还是在珐琅业，均留下了眩目的遗产，尤其是在日光这个城市。

日光实际上是日本的艺术之都。那里有最美丽的寺庙和最庄严的墓地。在别的地方，是不同的寺庙，不同的墓地，不同的胜景，例如在圣城京都，甚至在今日天皇政权、昔日幕府政权的所在地东京。洛蒂曾到过日光，让我们跟随他一起去吧：

在我还能对一切记忆犹新时，我将详细记述在圣山的朝圣经历。时值十一月，天气晴好，圣马丁节前后，气候本该很温暖，却已经有些寒意，然而安宁、纯净。

首先从横滨这个所有国家、

散步的年轻女子（日本大使馆照片）

所有人的城市出发。启程显得平淡无奇,坐早上六点半的火车离开。

然而这一日本火车还是有些意思的,车厢又长又狭窄,地板上每隔一段距离就有一个吐痰口,以便女士抽烟斗。

火车在富饶的乡村飞速行驶。最初的四十里行程就是这样进行的,大约需要七个小时。然后,将近下午两点时,我们将到达宇都宫市,这是北方的一个大城市,我肯定会下车,因为这里是铁路的尽头。然后,我会按照日本人的习惯,坐一种由两个车夫拉的小车继续旅行,因为当时①的日本还没有汽车。

同一节车厢里还有两个乘客,一个日本将军和他那高贵的太太。

年轻时,他肯定穿过可怕的甲胄,头盔上有着长长的头饰,面具狰狞恐怖;今天则得体地紧裹在欧式制服中:合身的军裤、有肋形胸饰的短上衣,俄式的平顶大帽子,麂皮手套,土耳其烟;看起来非常有军威,一点都不滑稽。

而她呢,举止和服饰绝对保留了日本传统。女性必要的简单而高贵的优雅。脸孔苍白而精致,涂了白粉,长脖

---

① 1889年。——原注

子晶莹别透。手很小，眉毛剃光了，牙齿涂成了黑色。比他更年轻一些，一头乌黑的头发中没有一根银丝。精心梳理过的发髻很复杂，而且上了那么多茶花油，简直成了一个漆器雕塑；长长的金色玳瑁发簪很有品位地插在发髻里面。三到四件层层叠叠的上衣，裁剪成古老的日本式样，薄丝质地，色彩暗沉：紫罗兰、海蓝、铁灰、栗色。最外面一件衣服上，在背部中央绣着一个白色的小圆图形，上面有三片树叶——这是这位太太娘家的徽章。时不时地，她会抽一下小烟斗，然而弯腰在吐痰口边缘敲打它：砰！砰！砰！砰！速度非常快①。

无可指摘的夫妇，相当冷淡，很少说话。

半路上，所有乘客都被要求下车。前面有一条大河，还没来得及在河上架桥。因此人们要将我们送到一条船上。

几艘大渡轮在等待着游客渡河，我们同我们的行李一起拥挤在船上。我的同路人都是日本人，尽管其中几个投身到西方文明进步中的人穿着礼服，戴着圆顶礼帽。②此时大约是十点钟，河面上，我们被一阵寒冷的微风侵袭。在我们身后，遥远的地方，还能看到富士山那巨大、奇特

---

① 你们还记得《菊子夫人》吗？写于差不多五年前……——原注
② 1889年！啊，从此之后，情况更糟糕了……日本人，而且唯独只有日本人已经拥有了真正经济、优雅、实用、现代的服装，为什么在引进西方的火炮和医学的同时，他们还认为必须引进我们的西服呢？西服是人类创造发明中最丑陋、事实上最不现代、最束缚人因此最不开化的东西！——原注

的锥形山体和覆盖着白雪的山顶。在那些画在宣纸上的风景画中,我们一次又一次地看到它作为背景出现,以至于当我们迷路时,光凭它就能找到日本。

船夫穿着点缀有白色希腊方形回纹的蓝色长袍,在船尾撑着篙子,相当轻松地将我们送到了对岸。在岸上,已经有另一辆火车在等着我们。我们机械地坐到了与之前相同的位置上。我的邻座还是刚才那两个人。又见面时,我们互相含蓄地问好,将军递给了我一根烟。

然后火车又飞驰起来,还是在平原上。地平线上隐约可见淡蓝色的山脉。

这个国家像极了秋天的法国:叶子泛黄的树木,像红色花冠一般蔓延在各处的野葡萄藤;地上,是干枯的禾木和山萝卜属植物。唯一有区别的是正在田里劳作的农民,有着亚洲人的黄色脸庞,和宝塔形的蓝色棉布袖子。

马上就两点了。一个大城市出现了,火车停了下来。

"宇都宫市到了!所有乘客都请下车!"

(自然是用日语喊的。)

这里已经比横滨冷了很多,人们能够感觉到纬度的变化……而且,我们已经远离大海了,有海的地方,气温总是高一些……

从火车站出来,是宽大、笔直的大路,很新,可能是铁路铺好后临时修建的,然而还是非常具有日本风格:糖果铺、灯笼铺、烟草铺和香料铺,无数花花绿绿的招牌,无数在长杆顶端飞舞的横幅;用簇新的白色木头盖的茶馆;矮小、滑稽的女招待侍立在门口,不停转动着杏眼的眼珠。街道上,是熙来攘往的手推车和人力车夫①。

某一刻,我们这辆来自首都的火车在这一日式的人群中扔出了一堆礼服和礼帽,这些礼服和礼帽很快就作鸟兽散,融入商店和客栈之中,并在此消失了。

如果我想当晚到达圣山,并在众寺之城——日光歇息,就不能浪费一点时间。

接下来,我被众多车夫围绕,因为我是唯一的欧洲人,他们都抢着要获得这一殊荣:

"日光!"他们兴致勃勃地重复着。日光离这里至少有十里!……我想去日光,而且晚上在那里休息吗?哦,那得找双好腿,还得有人替换,而且得立即出发,还得出高价。最强壮的车夫向我展示他们裸露的、肤色很黄的大腿,在上面拍了几下,以示强健。最后,在一番惯常的交谈之后,我作了选择,买卖成交。

在第一间茶馆,我很快地随意吃了一顿午饭,其间我的人在门口等我。

---

① "轱辘马"和"轱辘马"车夫。——直至其晚年,洛蒂一直对所有当地的、富有异国情调的词语有一种真实、强烈的恐惧。这一点对于每个想要了解这位伟大的天才的人来说都至关重要。——原注

在这些日本茶馆里，永远是同样的东西：小筷子、米饭、鱼汁；数不胜数的细瓷杯子和碟子，上面画着蓝色的鹳鸟；非常年轻、头发梳得一丝不乱的女招待，鞠躬时永远毕恭毕敬……

还不到两点半，我就坐上了车。这辆车非常小，而且非常轻巧。我的车夫们一上来就大声吆喝着，飞也似地将我带走了。于是，在一阵灰尘中，客栈、花花绿绿的招牌、人群，所有属于车站大道①、属于新街区的一切都消失了。之后，我们跨越了一座架在长满睡莲的河流上的拱桥；之后，古老的宇都宫市在眼前掠过，这里有弯弯曲曲的街道，泛黑的小木屋里，人们在辛勤制作着各种有趣的小东西：太太们穿的木底滑冰鞋，女孩们玩的风筝，糖果，灯笼，阳伞和吉他。

这里非常大、非常辽阔……无论如何，这一切很快掠过，我们又置身于乡村中了。

阳光明媚但不灼人；十一月的天气，光线充足，然而充满忧伤。

走完两三公里普通的路，穿过一片种植着庄稼的平原，我们终于进入了这条世上独一无二的道路，五六百年前，人们设计、修建了这条路，以便皇帝的送葬队伍能够

---

① 啊！"车站大道"从此以后就变得国际化了。宇都宫市的车站大道像极了富伊雷苏瓦或者拉博勒（下卢瓦河地区）的车站大道！——原注

到达圣山。道路很狭小，被包围在围墙形状的防御工事里面。它的无可比拟的奢华都体现在这里高大、阴森、庄严的树木上，后者沿道路两侧种植，左右各有密实的两行。这些都是柳杉（日本雪松），从过于庞大的体积和坚硬的外表来看，有点像加利福尼亚州的大红杉。

必须抬起头才能看到它们那忧伤的树叶，叶子形成了一个几乎不透光的密闭的拱顶。在人类视线的高度，只能看到蛇一般的树根、大柱子一般的树干，树干之间挨得那么紧，以至于有时它们的底部都纠缠在一起了，类似支撑教堂的双重或三重柱。进入里面之后，会感觉到一阵冰冷的湿气，光线变暗，仿佛成了一道绿色的曙光。除此之外，还会感觉到一种压迫人的宏伟气势，这种气势在日本很少见。同时隐约还有些担心，不知道这个没有尽头的、在半明半昧间不断向无穷无尽处延伸的殿堂在接下来的六到七个小时里，在接下来的十里路里，会不会一直这样延伸下去……[1]

是的……在这条奇特的隧道尽头，将出现日光市。隧道最终止于一座漆成红色的桥梁。这座桥由灰色的花岗岩横梁支撑，严格地仅限驾崩的皇帝和宫廷总管的送葬队伍通过。

---

[1] Pierre Loti, *Japoneries d'automne*, Paris, Calmann-Lévy, 1892, p. 155-163. ——译注

一旦脱离了这个俗气的人世生活,人们就会经过这座桥,并最终走向纯金铸造的令人自豪的坟墓。跨越这座灰色大理石和胭脂红漆的桥之后,所能看到的,就只是覆盖着雪松的山了,在这里,永远地沉睡着永恒的陵墓和壮观的庙宇……

下面是对集中在圣山上的八九个寺庙中最漂亮的那个的描述……我所求助的仍然是洛蒂……对不起,请问舍他其谁?除了他,以及另外一个天才鲁迪亚德·吉普林,我们中还有谁真正理解过世界尽头的、神奇的远东?

现在,我们要通过宏伟得多的第三重围墙了,涂满金

日光——圣桥(法国邮船公司照片)

漆的墙身，青铜的底座。它由一系列透光的板组成，板上深深地镌刻着天上和水中的各种动物，各种人们所熟悉的花朵和各种树叶：金色的水母在金色的海藻中伸展触手；在金色的紫藤枝蔓上，或在玫瑰花上，金色的鹳鸟正在展翅，金色的凤凰正在开屏。一排各种各样的动物支撑着青铜屋顶，屋顶遮盖了整座围墙，而且还超出很多，足以庇护这一切不受冬雨的侵袭。入口处的大门拦住了我们，比我们见过的任何奇迹都更令人惊叹。它那巨大的门扇是精工细作过的漆器，它的金锁仿佛是从金银珠宝上切割下来，并以最罕见的品位镂刻的。它不像普通寺庙那样，由两头可怕地冷笑着的巨兽守卫，而是两尊面孔和身材都像人的神像，有着老人的皱纹，尸体的脸色，平静的神情带点狡黠和犹疑。他们一左一右坐在宝座上，宝座设在精心布置着珍珠和象牙雕刻的玫瑰花和牡丹花枝的龛笼中。架在门上的屋顶无法用言语来描述，也无法用图画来描绘。它极其高大，异常复杂，曲线层层叠叠，其上装点着金色的花蕊，翘起的屋角悬挂着长长的金钟，仿佛倒挂的郁金香。它由一支"天狗"[①]、龙和其他怪兽组成的军队支撑着，它们仿佛滴水怪兽一般俯身向前，一层叠在另一层之上，密密匝匝共六层；一支张牙舞爪、长着犄角、凶神恶

---

① 佛狗，半狮半虎。——原注

日光——德川家康庙的大门（日本大使馆照片）

煞般的军队；一个在发怒时突然凝固的金色噩梦，从高处向外渗透，仿佛一个即将坠落、分解、冲向前方的巨大物体；所有的嘴都张着，所有的獠牙都显露在外，所有的指甲都已亮出，所有的头都俯视下方，所有巨睛都凸出在眼眶之外，以便将那个胆敢前来的人看个清楚……

通过这一野兽金字塔之后，我们终于进入了第三重也是最后一重院子。在这院落深处，竖立着那个辉煌的寺庙，那个被称为"东照宫"的寺庙。

这里，什么都不存在了，甚至连雪松都不存在。院子里空空如也，看起来很自由，仿佛是为了让眼睛和思绪在看到最终的奇迹——圣殿之前，得到片刻的憩息。

除了导游和我，一直没有别人来。直至那时为止，我们踩在沙子和青苔上的脚步声一直悄无声息，突然之间，脚下产生了嘈杂的回响。原来我们踩在一层黑卵石上了，这些石子互相摩擦，产生了一种小小的奇特的噼啪声，非常响亮。（寺庙四周有这样的石子似乎是一种标志。因为大门一直是开着的，通过这种脚步声，神仙鬼怪们就知道有人来了。）没有人！一个非常阴森的地方：人迹罕至的院子里，地面是黑色的，而人被困在金色的围墙内。我突然想起了《启示录》中的城市：这个用透明如玻璃的纯金建造的城市，它的第一层地基是碧玉，第二层是蓝宝石，第三层是玉髓[1]……而且，《启示录》中所有的怪兽都已从天而降，成群地盘踞在我们眼前这个占据整个院落深处的庙宇上。它的表面和正门使我们想起之前的那道围墙，然而更为富丽堂皇，在装饰上显得更为考究，更呈现出一种精致的独特性；整体设计也更为奇异、更为神秘；它的"天狗"和金龙的姿态显得更为夸张，似乎更具威慑力，对于我们的到来也似乎更为愤怒……

这个庙宇有三百年的历史了。它受到极为精心的保

---

[1] 皮埃尔·洛蒂一出生就是个新教徒，《圣经》引文在他作品中随处可见。即使是在《圣经》出现二十个世纪之后的今天，任何一个地位中等偏上的人身上都有半本《圣经》或《福音书》。——原注

护，人们没有让它的金饰失去一丝光泽。它那成千朵花没有少一片花瓣，它那成千头兽没有少一只爪子。然而，不知道是它的光彩中有某些东西减弱了，还是它的外表上有某些东西变形了，总之人们能够清楚地意识到它的衰老。而且，出于一种高雅的品位，人们任由极具扩张力的青苔和缓慢腐蚀一切的地衣在花岗岩和青铜地基上生长。这一切都加深了第一眼看到它时感受到的古老印象。另外，这种感受对于平复思想来说是必要的。因为，如果说在埃及的庙宇中，我们会情不自禁地为从前那些终其一生都在搬运巨大花岗岩石的数代劳工担忧，在这里，我们则想到了那些固执的雕刻匠，在整个生命历程中，他们曾竭尽全力在这些神奇的城墙上凿出花饰。这些想法真的能让人平静下来，告诉自己这些疲惫的人，他们已经逝去很久了，告诉自己他们已经在这片土地上安息很久了。现在，从这片土地上，慢慢地长出一些耐心的小青苔，从根基处攻击他们辛勤劳作的果实，还有一些纤细的小蕨，将它们的齿形边缘渗入变硬的木头和金属那坚硬的边缘……

这一用青铜、象牙和金色漆器建造一切的民族，当它看到我们那些仅用石头建造的建筑时，该觉得我们是多么野蛮啊！①

---

① Pierre Loti, *Japoneries d'automne*, Paris, Calmann-Lévy, 1892, p. 210-215. ——译注

事实上，这种奇迹般的伟大似乎同日本表面上的那种微小、细致形成了强烈的反差，一种很难得到承认的反差……

是的。然而，不要以为现代日本变得渺小了，也不要以为只有古代日本才是伟大的。事实上，一切都没有改变。日本只有一个，一直是同一个。在踏上这片神秘的土地、这片"日出之地"以后不久，我就发现了这一点。日本人种的身材可能比我们西方人种矮小，那边的屋子可能不够起眼——树木都高出它们许多，给它们带来了更多树荫。然而，并不是所有事物都仰仗度量和尺寸来定胜负。还记得吗？我们曾看到，这个在大变革前还恪守封建制度的小国家[1]，眨眼间就依照我们的模式给自己铺上了铁路，建立了兵营和学校，而且人口得到了三倍的增长。

在刚到达长崎港时，我就看到了两三艘日本装甲舰，它们看起来维护得很好，而且操纵得很准确。在还没到达日本之前，我就已经在朝鲜看到过正在操练的日本士兵……因为今日的朝鲜不过是日本的一片领土，或多或少得到巧妙的开发……我看到这些士兵表现出一种甚至令人有些不安的精确性。表面的渺小和现实的伟大之间的对比，这是 1899 年的日

---

[1] 日本的面积不会超过三十八万平方公里。——英国是三十一万五千平方公里，法国是五十五万平方公里。至于日本人口，1887 年，还不到四千万，而到 1924 年时，四千万已经变成了一亿八千万！……或者两亿…… ——原注

本向我展现的模样。

之后，1904年，当日俄战争爆发时（当时我已经不在日本了，但我几乎算是在俄国——在君士坦丁堡，我时刻同俄国大使馆保持着联系，那里的人都是我们的朋友），我毫不犹豫地对俄国人说：

"你们可得小心了！"

"可是对手是小日本啊！"人们回答我说，同时爆发出一阵俄国式的大笑。

"小心了！'小日本'已经有六千万人口了[①]。这可是德国的人数啊！日本人比德国人穷，但他们更勇敢。而且同样可怕。你们会小觑同德国的战争吗？……小心啊！我觉得欧洲听凭培里将军炮轰出岛已经犯了错，当然，他是美国人，所以欧洲也奈何不了他！他像对待野蛮部落那样对待了一个骄傲、强大的民族。美国人犯了大错，而可怜的欧洲将为此付出沉重代价。现在（1904年），我想俄国开始要清偿债务了。"

我认为有必要在法国媒体上发表一些有关这个主题的文章。然而，其中一些文章受到了拒绝，因为人们觉得它们太荒谬了，比如我竟敢断言战争将会很激烈，而且声称在几场可怕的大战役之后，"小"日本将战胜"大"俄国。之后，人们才承认我说得有道理。我没有被表面的渺小以及假想的伟

[①] 1899年日本人口为六千万。——原注

小学的院子（日本大使馆照片）

大所迷惑……

啊！1854 年，这个第一批美国军舰来到日本水域的年份，它是多么值得让人铭记，让人思考！那时，在这个还是封建国家的日本中，尚存在着集团之间的斗争，正如我们在上一次讲座中所谈到的那样。瞧，比如说，萨摩藩和长州藩之间关系甚为恶劣，后者更具艺术倾向而前者更为好战，他们互相之间谴责着对方的软弱或野蛮。但当他们认识到——根据那个历史性的句子——"日本刚刚吞下侮辱，暂时没能雪耻"时，这对宿敌立即和解了。于是，一次又一次的革新产生了！在十四年之内——从1854年至1868年，昔日的那些幕府将军、那些宫廷总管们承担起了这一令人哀叹的悲剧的责任，自此被人们从地球上根除，永远地消失了。天皇们，这些皇帝，这些日照大神的儿子们立即重新取得了临时的、精神上的一切权力。封建制度被一笔勾销。昔日的那些藩王，那些大名们，也就是封建领地上世袭的统治者被废除，并被省长取而代之，正如在欧洲一样！军事机构被改动，人们从此不再操练刀和矛，而是改上技术课，并将年轻军官定期送到德国或法国的军事学校，或者送到法国或英国的海事学校。1894年，我本人在布雷斯特的海军士官学校是松井仁三郎亲王的同班同学，他后来成了我的朋友。日本人很懂得如何双管齐下。

*

1894年，也是中日谈判的时间。只打了一场海战，中国就输了。在这一事件中，尤其值得我们这些海员思考的，是我们了解当时出现在这一战役即鸭绿江战役中的海船情况……因此我们知道中国舰队的力量大约是日本舰队的十倍。① 从我们手头掌握的数据来看，中国有两艘相当强大的装

---

① 此处作者对中日甲午战争中中日两国海军实力认知有误。详见中日甲午海战历史记载。——译注

甲舰，能够击沉日本所有船只，而日本的火力却奈何不了它们。事实上，这些装甲舰的确在战争中幸存了下来。然而日本凭借其战术和活力还是赢得了战争。中国舰队虽然毫发无伤，却不得不退出战争，虽没有被战败，但也无能为力。

所有这一切似乎预告了一个出奇强大的民族的出场。因此，当1904年的重大事件到来时，无论是辽阳战役，还是奉天战役，还是最后的对马海战都没有令我的那些海员朋友们吃惊，也没有令我本人吃惊。那个时期的俄国是个非常强大的帝国；而且指责俄国军队没有表现出应有的水平是非常不公正的。沙皇统治下的俄国人表现得很好。然而天皇统治下的日本人表现得更为英勇，这是他们获胜的所有秘密。另外，日本人几乎就在自己国家作战：在他们的国门附近，在他们的兵工厂附近，在他们的军营附近……在他们的妇孺附近，在他们的祖国附近！而俄国则在

裕仁皇太子
摄政王
（日本大使馆照片）

狭长的单轨铁路——西伯利亚大铁路的另一端作战。这一战争对它来说是殖民战争，对日本来说，则是本土战争，即国内战争，是卫国战争。仅此就能够肯定地预见到结果……并预见到布尔什维克革命。对于那些愿意听从我建议的人，我提前警告他们说，日本会不可避免地取得胜利。这并不意味着我是个巫师，我只是个数学家，仅此而已……而且，从那以后，我常常继续扮演着数学家的角色……

然而，从那时起，我看未来时目光放得更远了。

今天的日本帝国的强盛国力是德意志帝国从来没有达到过的。一亿两千万人口居于其中，二十年后，人口将达到两亿。

不久前，在华盛顿召开了一次会议，在这次会议上，人们宣布日本在世界海军强国中名列第三，仅次于美国和英国。第三，还不是第一。但是，请耐心等待！另一方面，当时日本的人口才一亿两千万，而美国拥有更多的市民，而且太平洋周边还有澳大利亚、新西兰，生活在这些土

良子王妃
摄政王妻子
（日本大使馆照片）

地上的人从性情和本能来说几乎都是倾向美国的。而日本远远未能控制整个太平洋地区。尤其是，在澳大利亚、新西兰、美国甚至南美洲各地，白色人种的民族都对日本、对黄种人有一种强烈的敌对情绪。因此，初看起来，不管有多强大，日本似乎都无法对抗它的邻居。可能吧！无论如何，日本人口增长迅速，而日本国土面积不大。美洲和澳大利亚的人口没有增长，而且可能还减少了，但它们那荒无人烟的土地幅员辽阔。因为不要忘了，美洲从前曾疾速壮大，但这种情况仅仅是通过移民形成的。自从移民浪潮停止或得到控制之后，人口就停止了增长，甚至有下降的趋势，因为美洲的母亲孩子很少，正如在欧洲、在法国一样。而日本的母亲则有很多孩子。请相信我，不久之后，日本将不再满足于第三的位置。从此，一切平衡的断裂都将向着有益于它的方向发展。

*

人们可能会向我抗议：日本还不是很富裕……确实如此。

直至目前为止，日本还只是个农业国家。工业在这里只是初具雏形。然而，东京的政治改革如此迅捷，因此一场几乎是同时发生的经济改革应该不会令我们感到意外。这场改革完成的那一天，日本就能够平等地与美国对话了。不要忘了，明天，美国将失去它最主要的优势，即人口的优势。而受其岛屿限制的日本必然迫切需要走出岛屿……

哦！我看到太平洋的未来将不会很太平……

事实上，那些于 1854 年强迫日本走出古老的闭关锁国状态的人，他们只好自认倒霉了。日本本来满足于这种状态，并且可能永远都不会主动打破它。这些人，这些培里准将的人，他们不正是美国人吗？那么，自己酿造的苦酒只有自己饮了。如果美国日后会对这一只有自己参与的举动后悔的话，那么美国就自认倒霉吧。

请原谅我再次回到华盛顿会议……我不得不这么做。在华盛顿，海军强国如同宗教评议会一般聚集在一起，瓜分了整个世界，我是说整个海洋世界：英国，五十二万五千吨装甲舰；美国，同样多的装甲舰；日本，三十五万吨；法国和意大利一样，只有十七万五千吨。请大家花一分钟时间来思考一下，不管是从领地面积来看，还是从这些领地在世界所有大洋中的分布情况来看，我们法兰西殖民帝国都远远地超过美国、日本或意大利所拥有的一切，因此华盛顿会议上留给我们的合理部分则构成了我们没落的证明。相反，如果大家愿意正视一个事实，即日本并没有任何殖民地，而且它所有的财产都集中在东京附近，那么，分给它的三十五万吨装甲舰事实上构成了一股极具侵犯性的力量，足以使其随心所欲地攻击所有国家，而不受任何国家的攻击：从此以后，无论是美国还是英国都不可能再挑衅日本了。1904 年，天皇舰队与沙皇舰队的差距更大，因为当时是两个俄国人攻打一个日本人，然而俄国人战败了，因为对马岛离东京太近，离圣彼得堡太远。前车之鉴！总之，正如你们看到的那样，华盛顿条约造成了我们的没落，促成了日本的胜利。为什么对我们这么不公平呢？我们不是刚刚赢得了最重大的战争吗？是的！然而我们是在自我保卫中取胜的……我们没有作战，我们只是经受了战争……今天，当精疲力竭的法国只想着如何从废墟中重建家园时，整个世界却受到我们的敌人的欺骗，谴责我们是帝国主义，而我们却不懂得为自己辩护……另外，从1871年至1914年，我们不是在最无价值的内部斗争中愚蠢地削弱了自己的力量了吗？……从1924年开始，我们不是又重蹈覆辙了吗？难道我们不是永恒的健忘者，不是永远无法变聪明的傻子吗？……难道我们不该因为我们的无知、我们的轻率、我们的意识形态——尤其是我们那该死的意识形态——，而遭受世界其他民族的轻视和不公正对待吗？我们真是活该！而对日本来说再好不过，凭借它的睿智、它的活力和它的智慧，从1854年至1868年，之后从1868年至1914年，它能够从零出发，最终获得一切。瞧，日本从来不是我们的敌人；即使在今后的岁月里，我也不认为会存在这样的机会，使它置身于我们的对手的行列。如果说今天的日本作为强大的胜者站立在盎格鲁-撒克逊民族面前——它之所以强大，尤其因为在它身后，那个人数众多的古老中国开始显现，仿佛一个不会枯竭、不可战胜的储备——，那么盎格鲁－撒克逊民族没有任何理由为此来谴责我们法国，因为在1854年，不是三色旗，而是星条旗在世界上引发了令今日世界惊恐的亚洲雪崩！无论如何，在这个可能成为未来战场的太平洋地区，我们的利益微乎其微；而且我们肯定会在可能爆发的斗争中保持中立。这对我们来说再好不过。总而言之，由于上述盎格鲁－撒克逊民族——从1914年至1918年，在那么多场战役中，我们是他们最好的捍卫者、最勇敢的战斗者——今天很遗憾地向我们表现出了忘恩负义的一面，那么，关键时刻，我们的好感完全可以给予"日出之国"，我预言，从今天开始，它将获得最震撼人心的成功！